Annegret Achner
Vierer mit Steuermann

Annegret Achner

Vierer
mit Steuermann

Erzählungen

Bibliografische Information der Deutschen Nationalbibliothek:
Die Deutsche Nationalbibliothek verzeichnet diese Publikation in
der Deutschen Nationalbibliografie;
detaillierte bibliografische Daten sind im Internet über
dnb.dnb.de abrufbar.

© 2020 Annegret Achner
2. Auflage
Layout und Cover-Design
Lutz J. Koch

Herstellung:
BoD – Books on Demand, Norderstedt
ISBN 9783750497030

Inhaltsverzeichnis

Liebe in Zeiten von Corona

Natürlich hatte Margrit damals ihren Gabriel Marquez gelesen. Bücher zu lesen war das einzige Mittel, aus der engen Gegenwart zu flüchten. *Liebe in Zeiten der Cholera*, ein absolutes Muss in den 80ern. Über 50 Jahre hatte Florentino Ariza auf Fermina Daza gewartet. Als junger Mann hatte er sich in sie verliebt, verliebt in ihr Gesicht, in den Klang ihrer Stimme, in ihr Lächeln. Er hatte ihr Liebesschwüre geschickt, sie mit Blumen vor der Haustür überfallen, alles umsonst. Ein Doktor Juvenal Urbino war die bessere Partie gewesen, nicht nur für die Eltern, auch für Fermina. Natürlich hatte er nicht jungfräulich auf sie gewartet. Er hatte geheiratet, mehrere wohlgeratene Kinder gezeugt. Mit über 80 trafen sie sich wieder und erfüllten ihre Träume, so beschreibt es der kolumbianische Autor Gabriel García Marquez in seinem Roman »El amor en los tiempos del cólera.«

Auch Margrit hatte ihre Träume. Mädchen bräuchten kein Abitur, sagte ihre unverheiratete Mutter, die es wissen musste. Wichtig sei nur, einen anständigen Beruf zu haben, sich ernähren zu können. Und was noch wichtiger sei, unabhängig von den finanziellen Zuwendungen eines Mannes leben zu können. Das hatte ihr die Mutter vorgelebt. Die uneheliche Tochter allein großgezogen. Das Kind einer einzigen Nacht mit diesem gutaussehenden Schiffsbauingenieur, der sich vom Acker machte, als er hörte, seine Zufallsbekanntschaft erwarte ein Kind. Er ließ sich doch nicht erpressen und anbinden. Mutters Stolz war groß. Sie bettelte nicht um Almosen, wurde unterstützt von ihrer Familie.

»Die Deern kriegen wir auch noch groß«, sagte die Großmutter und betreute das Kind an den Werktagen. Margrit wurde älter, versuchte, ihren Vater zu finden. Hoffnungslos! Die Mutter weigerte sich strikt, den Namen dieses »Versagers« preiszugeben. Den fand Margrit viel, viel später. Da war er schon tot. Hatte die ganze Zeit in der Nähe gelebt, ein paar Kilometer von Flensburg entfernt.

Nach der Schule machte Margrit eine Lehre als Friseurin.

»Haare lassen sich die Leute immer schneiden «, sagte ihre praktische Mutter. »Und die Frauen wollen Dauerwellen. Wenn du gut bist und fleißig, kannst du dich selbstständig machen. Lass nur die Finger von den Kerlen.«

Aber wie sollte das funktionieren? Hatte doch auch bei der Mutter nicht funktioniert. Margrit war groß und blond und lebenslustig. Ihr dichtes Haar fiel auf die Schultern, das Gesicht war gut geschnitten mit breiten Wangenknochen, die Augen groß und blau.

»Du hast einen Schlafzimmerblick«, sagte die Mutter und schaute die Tochter streng an. »Die Kerle werden Schlange stehen.« Sie wusste offensichtlich, wovon sie sprach. Margrit glich ihr aufs Haar, eine jüngere Ausgabe ihrer selbst.

Margrit verstand erst gar nicht, was die Mutter meinte. Natürlich bemerkte sie, dass die Jungen in ihrer Berufsschulklasse Interesse zeigten. Sie anhimmelten. Das genoss sie. Aber mögen, wirklich mögen tat sie keinen. Die waren ihr alle viel zu jung, diese tollpatschigen Bengels. Sie mochte die Ausbildung, die praktische Arbeit im Friseursalon, sie ging gerne in die Berufsschule, ließ sich von den jungen Männern einladen zu Kaffee und Eis. Auch mal ein Bier.

Bei einem Tanzabend im Ruderclub traf sie Frederik, ein paar Jahre älter als sie. Er war Däne, kam aus Kopenhagen, wo seine Eltern eine gutgehende Bäckerei betrieben. Auch er lernte Bäcker, aber seine deutsche Mutter hatte darauf bestanden, dass er die Ausbildung bei ihrer Schwester in Flensburg machte. Er sah gut aus, groß, wirrer dunkler Haarschopf, blaue, frech blickende Augen, ein Tänzer, der ihr nicht wie ihre Klassenkameraden andauernd auf den Füßen stand, sondern sie herumwirbelte, dass ihr Hören und Sehen verging. Liebe auf den ersten Blick? Auf jeden Fall klebte er den ganzen Abend an ihr. Das gefiel Margrit. Gefiel ihr sehr. Er führte gut, hatte ein gutes Rhythmusgefühl, hielt sie fest umschlungen, flüsterte in ihr Ohr, wie attraktiv sie sei und wie gut sie tanze.. Er spendierte ihr ein Glas Sekt, das sie – an Alkohol nicht gewöhnt – ein bisschen beschwipst machte. Händchenhaltend brachte er sie zum Bus. Eine kurze Umarmung, ein flüchtiger Kuss, mehr nicht. Aber sie hatten ihre Adressen ausgetauscht. Und trafen sich immer öfter. Konnten die Hände nicht voneinander lassen. Margrits erster sexueller Kontakt. Vorsichtig, suchend, beide unerfahren, voller Angst. Bloß kein Kind, hämmerte es in Margrits Kopf. Bloß nicht schwanger werden. Nicht das Leben versauen wie die Mutter. Aber hatte sich die Mutter ihr Leben versaut? Sie hatte doch sie, Margrit.

Frederik bestand die Gesellenprüfung, arbeitete noch ein paar Monate in der Bäckerei seiner Tante in Flensburg, wurde aber dann von seinen Eltern nach Kopenhagen zurückbeordert, um in der familieneigenen Bäckerei der Eltern mitzuhelfen und sich auf die spätere Übernahme des Betriebs vorzubereiten. Tränen auf beiden Seiten.

»Du kommst nach Kopenhagen", sagte Frederik. «Natürlich kommst du nach Kopenhagen. Ich liebe dich.«

Sie schrieben sich Briefe, Liebesbeteuerungen ohne Ende. Da es bei Margrit zu Hause kein Telefon gab, verbrachte sie Stunden in Telefonzellen, immer wieder herausgetrieben von ungeduldig an die Scheiben trommelnden Zeitgenossen. Nach sechs Wochen kam die Einladung nach Kopenhagen. Seine Eltern würden sich freuen, sie kennenzulernen. Kampf mit der Chefin um ein verlängertes Wochenende. Die Chefin blieb hart.

»Warum willst du unbedingt nach Kopenhagen?«, fragte die Chefin misstrauisch. Im Nachhinein wusste Margrit nicht mehr, welche Antwort sie sich zusammengefaselt hatte. Die Chefin schaute sie an, glaubte kein Wort.

»Am Dienstagmorgen kommst du pünktlich zur Arbeit! Sonst fliegst du raus.«

Freitags durfte sie früher gehen, um den Zug nach Kopenhagen zu erreichen, am Montagabend müsse Margrit aber zurückfahren.

Dienstag war ein normaler Arbeitstag im Friseursalon, da gab es kein Pardon.

Seltsamerweise hatte Margrit mit der Mutter keine Schwierigkeiten. Sie schien an den Wochenendausflug mit der Freundin zu glauben.

»Seid vorsichtig!«, war alles, was sie sagte und blickte ihrer Tochter in die Augen. »Ein Wochenende ist kurz. Die Konsequenzen sind lebenslang.«

»Ich weiß, Mama!«

Frederiks Eltern waren nett, wirklich nett. Sie holten sie in ihrem Volvo vom Bahnhof ab, luden sie zum Abendessen ein. Frederik strahlte. Streichelte immer wieder ihren Arm. Küsste ihre Wange, wenn die Eltern abgelenkt waren. Schlafen tat sie bei der Schwester des Vaters. Eine freundliche Dänin, die die jungen Leute nicht aus den Augen ließ.

Ein großes Besichtigungsprogramm am Samstag und Sonntag: Spaziergang hinaus zur kleinen Meerjungfrau, Amalienborg, am frühen Abend der Vergnügungspark Tivoli, Margrit und Frederik Hand in Hand. Der Vater spendierte Bier und Würstchen. Die Eltern waren unermüdlich beschäftigt, Margrit die Sehenswürdigkeiten der Stadt zu zeigen. Wollten sie ihr Kopenhagen schmackhaft machen? Sie in die dänische Hauptstadt locken? Sonntagmorgens Kirchgang, gemeinsames Mittagessen, Nationalmuseum. Am nächsten Tag – der Vater hatte sich freigenommen – Autofahrt an den Strand.

Margrit nahm am Montagabend den Zug nach Flensburg, sie hatte keine einzige Stunde mit Frederik allein verbracht. Immerhin standen sie ohne seine Eltern auf dem Bahnsteig und küssten sich. Leidenschaftlich.

»Ich schreibe dir«, sagte Frederik und drückte Margrit an sich. »Es tut mir leid!«

»Mir auch«, sagte Margrit.

Ein paar Wochen später dann der Brief. Voller Entschuldigungen. Da sei eine andere Frau. Tochter eines Bäckereibetriebes aus der Nachbarschaft. Er sei traurig, wirklich, aber seine Eltern ... Er würde sie nie vergessen, sie könnten ja gute Freunde bleiben, er würde sich melden, blablabla ... . An dieser Stelle zerriss Margrit den Brief und weinte. Die Mutter sah ihre verheulten Augen, unterließ jeden Kommentar.

Im Flensburger Ruderclub die Herzensfreundin Gundula, deren Bruder Jens-Peter schon seit längerem um Margrit herumschwänzelte. Gutaussehend, charmant, mehr als ein Trostpflaster für die fehlgeschlagene Liebe. Sie mochte Jens-Peter, mochte ihn immer mehr, sie ruderten auf der Flensburger Förde, beteiligten sich an Wettkämpfen, feierten fröhliche Feste im Wassersport-Verein. Als sie schwanger wurde, bestellten sie das Aufgebot. Der Sohn wurde geboren, ein paar Jahre später die Tochter. Jens-Peter verdiente gut mit seiner vom Vater übernommenen Autowerkstatt, sie bauten ein Haus. Die Kinder wurden größer, Margrit machte einen Schreibmaschinenkurs, lernte kaufmännisches Rechnen, kniete sich immer mehr hinein in die Büroarbeit der expandierenden Werkstatt. Eine gelungene Ehe. Ein gelungenes Leben. Sicherlich, es gab gute und schlechte Zeiten, die Kinder verließen das Haus, der Mann übergab die Firma einem Nachfolger, der Sohn hatte kein Interesse, studierte Medizin. Schöne gemeinsame Reisen, dann wurde Jens-Peter krank, starb nach einigen Monaten an einem Herzinfarkt. Margrit war auf sich allein gestellt, kam gut klar, beaufsichtigte die Kinder ihrer berufstätigen Tochter, hielt den Kontakt zu den alten Freunden. Wurde oft eingeladen.

Und dann kam der Brief aus Kollund Skov, einem Städtchen nahe der dänischen Grenze, das sie gut kannte von den sonntäglichen Radtouren. Der Absender sagte ihr im ersten Augenblick nichts. Ordentlich wie sie war, schlitzte sie den Brief mit einem Messer auf, rückte ihre Brille zurecht, entfaltete den Briefbogen.

»Liebe Margrit« begann er. »Du wirst sicherlich erstaunt sein, von mir zu hören«. Margrits Augen wanderten nach unten und dort sah sie den Namen des Absenders: »Dein Frederik«. Für einen kurzen Moment schnappte sie nach Luft. Ihr Frederik? Der Frederik, der sie so schnöde hatte sitzen lassen? Zu feige, um sich gegen seine Eltern zu wehren. Der sich hatte verkuppeln lassen?

Er habe so sehr gehofft, dass sie noch in Flensburg leben würde. Ihre Adresse habe er über den Ruderclub bekommen, er wisse ja nur ihren Vornamen und ihren alten Mädchennamen. Er sei extra nach Flensburg gefahren und habe im Club nachgefragt.

Und die haben ihm meine Adresse gegeben, überlegte Margrit. Das ging doch gar nicht. Auch wenn Frederik ein ehemaliger Club-kamerad war.

Sie las weiter, erfuhr, dass auch Frederik Rentner sei, seine Frau vor ein paar Jahren verloren habe, und in sein kleines Ferienhaus in Kollund Scov gezogen sei, in der Nähe der Familie seiner Tochter. Er fühle sich dort eigentlich sehr wohl. Eigentlich? Was sollte das denn heißen, dachte Margrit. Sollte sie den Brief gleich zerknüllen und in den Papierkorb werfen? Nein, dafür war sie doch zu neu-gierig, was dieser alte Frederik ihr zu sagen hatte. Er habe sie nie wirklich vergessen, schrieb er. Nichts gegen seine Frau, sie war ihm eine gute Frau, aber sie, Margrit, sei seine große Liebe gewesen und immer geblieben. Er wolle nur wissen, wie es ihr gehe. Vielleicht könnte sie ihm einmal schreiben. Er würde sich darüber sehr freuen. Und dann dieses »Dein Frederik«. Er ist nicht mein Frederik, sagte Margrit halblaut. Was bildet er sich ein!

Ein paar Tage ließ sie den Brief auf ihrer Anrichte im Wohn-zimmer liegen. Sollte sie antworten? Oder besser nicht? Am vierten Abend, nach einem kleinen Glas Himbeerlikör, das sie sich abends manchmal gönnte, kramte sie ihren alten Pelikanfüller heraus, überprüfte die Patrone, suchte eine Ansichtskarte mit einem Foto der Förde.

»Lieber Frederik!« Nein, das ging gar nicht. Er war nicht ihr lieber Frederik.

»Hej«, schrieb sie. »Hej Frederik! Det gar meget godt. Mange hilsener, Margrit.«

Ein bisschen Dänisch konnte sie als Grenzbewohnerin schließlich auch. Mehr wollte sie nicht schreiben. Sie hatte ein Lebenszeichen von sich gegeben, geschrieben, dass es ihr gut ging Das reichte. Sie hatte auch ihren Stolz. Wenn der meinte, nach so langer Zeit, könne er einfach ... Nee!

Aber so leicht ließ Frederik sich nicht abspeisen. Ob sie sich nicht mal treffen könnten, schrieb er. Diesmal auch auf einer Ansichtskarte. Mit Schloss Amalienborg auf der Vorderseite. Und er würde auch gern ihren Mann kennenlernen.

Jetzt wird er unverschämt, dachte Margrit, antwortete aber »Jeg er enke«, was, wie sie mit Hilfe eines Wörterbuches übersetzte »Ich bin Witwe« hieß. Diesmal ohne Unterschrift.

Er ließ sich nicht abschütteln. »Es tut mir leid mit deinem Mann. Wenn du willst, könnte ich dir Dänischunterricht geben«, schlug er vor. »Darf ich kommen? Wir könnten uns treffen. In Flensburg. In der alten Kaffeerösterei im Sonnenhof. Morgen um 15 Uhr? Das Wetter verspricht gut zu werden.«

Der ist aber hartnäckig, murmelte Margrit und ging zum Friseur. Wühlte ihren Kleiderschrank durch auf der Suche nach einem hübschen Kleid. Prüfte im Spiegel ihr Gesicht. Ich bin eine alte Frau, dachte sie und betrachtete kritisch die Falten um Mund und Augen. Es ließ sich nicht leugnen, sie war achtzig, sah aus wie achtzig, doch die blauen Augen blitzten klar und unternehmungslustig. Frederik war ja ein paar Jahre älter als sie. Sie war gespannt, wie er aussah.

Ihr Herz schlug heftig, als sie sich am nächsten Nachmittag dem Café näherte. Ein paar Leute saßen draußen in der Sonne, alle noch eingemummelt in dicke Wintermäntel. Ihr Blick glitt über die Tische. Da hinten an der Wand ein alter Herr, groß, hager, mit dichter weißer Mähne. War das Frederik? Der Mann blickte auf, musterte sie einen Augenblick, nahm einen bunten Frühlingsstrauß vom Tisch, hievte sich ein wenig schwerfällig aus dem blauen Korbstuhl und kam lächelnd auf sie zu.

»Schön, dass du gekommen bist, Margrit«, sagte er. »Ich freue mich so.«

Hatte er tatsächlich Tränen in den Augen? Er geleitete sie galant zu ihrem Sitzplatz.

»Oder möchtest du lieber drinnen sitzen? Ist es dir hier zu kalt?«

Margrit schüttelte den Kopf. »Von hier aus haben wir den besseren Blick über die Förde«, sagte sie. »Guck mal, sie bringen die ersten Boote raus. Das Frühjahrstraining geht los.«

»Meine Bootsfrau«, sagte Frederik und legte seine Hand auf ihre. «Immer noch boots- und wassersüchtig?«

Margrit nickte. Sie zog ihre Hand nicht weg. Und dann war es so, als ob die letzten 60 Jahre nicht stattgefunden hätten. Die alte Vertrautheit war wieder da. Am Nachmittag fuhr sie mit ihm in sein kleines Haus in Kollund Scov.

Dass ein paar Monate später Dänemark und Deutschland die Grenzen dicht machten wegen des Corona-Virus, damit konnten sie nicht rechnen. Sie fanden eine Lösung.

Jeden Nachmittag radeln sie nun mit ihren E-Bikes zu dem kleinen Grenzübergang Schusterkate, stellen Kaffee und Kuchen auf der niedrigen Grenzmauer ab, heben ihre Klappstühle vom Rad und verbringen einen Nachmittag zusammen.

Eins wissen sie, eine Trennung, das wird ihnen nicht noch einmal passieren. Sobald die Grenzen auf sind, werden sie zum Standesamt gehen.

Freundinnen

Sabrina schlürft den Schaum von ihrem Milchkaffee. Es ist schon die zweite Tasse. Ungeduldig schaut sie durch die schlierige Glasscheibe auf die nahe Bushaltestelle. Typisch Ellen, immer zu spät. Wenn sie auch diese Tasse ausgetrunken hat, wird sie gehen. Dieses Mal wirklich. Eine Unverschämtheit, sie immer warten zu lassen. Nein, sie muss bei der Wahrheit bleiben. Ellen lässt nicht nur sie warten, Ellen lässt alle warten. Sie kann nicht anders. Sie kommt immer zu spät. Oder in der letzten Minute angehetzt. Sabrina weigert sich mittlerweile, mit ihr zusammen zum Theater oder zu einem Konzert zu fahren. Diese Hetzerei, dieses schweißtreibende Generve, wenn sie im Sturmschritt beim dritten Klingeln in den Saal rasen, unter bösen Blicken der anderen Leute, die im letzten Moment noch aufstehen müssen, obwohl sie sich schon bequem in ihre Sitze gekuschelt haben. Möglichst den Mantel noch über dem Arm, weil keine Zeit mehr für die Garderobe geblieben ist. Sabrina trinkt einen großen Schluck. Gut, sie hat gelernt. Sie treffen sich erst vor Ort. Wenn Ellen angestürmt kommt mit wilden Haaren, Christian hinter sich her zerrend, haben Sabrina und Thomas schon gemütlich im Programmheft geblättert und wissen Bescheid.

Man kann niemanden ändern, nur sich selbst, hat ein kluger Mensch gesagt. Recht hat er.

Aber im Café muss man ja nicht pünktlich sein. Da wartet ja nur die Freundin. Ellen wird kommen, dass weiß sie, aber eben verspätet. Und sie wird sich fröhlich entschuldigen, *Du kennst mich ja*, sagen und charmant lächeln. *Ich hoffe, du hast nicht zu lange gewartet, ich musste noch schnell ...* Sabrina wird auch lächeln, wenn auch ein wenig verkrampft. Sie werden sich rechts und links auf die Wangen küssen. *Ich werd mich bessern, versprochen!* wird Ellen flüstern und Sabrina wird resigniert sagen: *In diesem Leben nicht mehr.* Und Ellen wird lachen.

Bei Verabredungen mit Ellen bringt Sabrina immer ein Buch mit, diesmal einen Ostfriesenkrimi. Sie hofft, er ist spannend genug, dass die Zeit vergeht. Aber sie kann sich nicht konzentrieren. Am Nebentisch sitzt eine Gruppe von älteren, nein, sehr alten Damen, die offensichtlich schwerhörig sind und sich im Stimmvolumen übertreffen.

Früher wurde Split auf den Schnee geschüttet, schreit die dünne Grauhaarige, da ist keiner ausgerutscht.

Ja, ja, früher da haben die Hausbesitzer und Mieter sich ja auch selbst um die Reinigung der Bürgersteige gekümmert, jammert die weißgelockte Nachbarin, die das zweite Stück Sahnetorte in sich hineinschiebt. Die Reinigungsfirmen kümmert es ja nicht, wenn einer hinfällt. Die sind versichert. Mein Hermann sagt immer, die Welt ist schlecht geworden.

Wir alten Leute können ruhig auf dem Matsch ausrutschen und uns den Oberschenkel brechen, das stört keinen, übertönt die kleine Dicke mit dem grünen Filzhütchen alle anderen.

Dann sind sie uns endlich los, bestätigt die vierte alte Dame und nickt. Wir kosten doch nur!

Resigniert schließt Sabrina ihr Buch. Bei dieser Geräuschkulisse kann sie sich nicht konzentrieren. Die alten Damen können ja auch nichts dafür, dass sie schwerhörig sind. Vielleicht haben sie ja auch niemanden, der sie beim Kauf eines Hörgeräts berät.

Vor dem Fenster hält ein Bus. Endlich. Ellen springt heraus, rutscht aus auf dem Schneematsch, fängt sich wieder und kommt ins Café gestürmt.

Hallo meine Süße, sagt sie, beugt sich hinunter und presst ihre kalte rechte Wange an Sabrinas linke Gesichtshälfte. Hast du lange gewartet? Du hast ja clevererweise ein Buch mitgebracht.

Sabrina zieht es vor, nicht zu antworten. Ellen winkt dem Ober.

Auch so einen Milchkaffee. Bitte mit Kakao-Pulver. A propos Buch: Du kennst bestimmt den neuen Roman von Ralph Rothmann ...

Von wem, fragt Sabrina.

Wie – kennst du den nicht? Musst du kennen!

Wieso muss ich den kennen?

Den kennt doch jeder!

Ich nicht. Wie heißt das Buch überhaupt?

Ja, Mensch, das kennst du bestimmt. Das heißt, heißt ...

Siehst du, du weißt noch nicht mal den Titel.

Warte mal. Hab ich gleich! Ellen zieht ihr iPhone aus der Tasche.

Kennst du bestimmt »Der Gott jenes Sommers«. Hier steht es.

Warum sollte ich das Buch kennen?

Den Rothmann muss man kennen. Rothmann ist einer der ganz Großen. Sagt auch Scobel.

Welcher Scobel?

Na, d e r Scobel. Der von Buchzeit! Sag nicht, den kennst du auch nicht.

Hör auf mit »kennst du, kennst du nicht«, gleich frage ich Filmtitel ab.

Welche Filmtitel

Ist das hier `ne Quizz-Sendung?

Du hast angefangen. Also, hast du den Richter-Film gesehen?

Welchen Richter Film?

Na, d e n Richter-Film. Kennt doch jeder. Von Florian Hencke von Donnersmarck

Ich nicht.

Eben!

Wieso eben?

Mensch, Sabrina, sei doch nicht so empfindlich. Was hast du heute?

Was ich habe? Mir geht dein name-dropping auf die Nerven, Frau Oberstudienrätin!

OK! Frieden! sagt Ellen.

Aber wehe, du fragst noch einmal: Kennst du nicht? Mit dieser Empörung in der Stimme. Als sei ich die ungebildeteste Kuh von der Welt.

Frieden, habe ich gesagt. Anderes Thema.

Manchmal denke ich, für dich gibt es nichts anderes, als sich Buchtitel an den Kopf zu werfen. Was willst du eigentlich beweisen?

Ellen schweigt.

Pause. Beide schlürfen ihren Kaffee.

Wie geht es Christian? Immer noch grippig?, fragt Sabrina

Nein, es geht ihm besser. Nun läuft mir die Nase.

Um Gottes willen, steck mich bloß nicht an. Wir wollen morgen in den Harz. Es muss dort ordentlich geschneit haben. Zum Wochenende ist Sonne angesagt.

Traumhaft. Ich beneide euch, sagt Ellen.

Kommt doch einfach mit. Ich ruf im Hotel an, ob die noch ein Doppelzimmer haben. Diesmal zückt Sabrina ihr Phone.

Ich weiß nicht, ob Christian Lust hat, sagt Ellen. Er will keinen Langlauf mehr machen. Der Sturz vor zwei Jahren. Er sagt, das Knie tue ihm immer noch weh.

Come on! Dann geht ihr halt spazieren. Sonne und Schnee, was willst du mehr, sagt Sabrina.

Ich hätte schon Lust, aber erst rede ich mit Chris.

Mach das. Wär doch toll, wir vier! Endlich mal wieder ein gemeinsamer Urlaub.

Wir dürfen die Doppelkopf-Karten nicht vergessen. Doppelkopf!

Drei Abende Doppelkopf!, sagt Ellen.

Weißt du noch, wir beiden damals im Ötztal? Unser erster gemeinsamer Urlaub?

Wie lange ist das her? 30 Jahre?

Na, wohl eher 40 Jahre!

Und in der Hütte jeden Abend Doppelkopf, sagt Ellen.

Mit den beiden Typen. Hatten die uns doch beigebracht. Die beiden österreichischen Skilehrer. Fesche Kerle. Du warst richtig verknallt ...

Du auch ..

Was wohl aus denen geworden ist?, fragt Sabrina.

Hätten wir die lieber heiraten sollen?, lacht Ellen.

Hä? Wie meinst du das?

Sabrina hebt den Arm, winkt der Bedienung: Zahlen, bitte! Ist ja fürchterlich, wie die am Nebentisch schreien. Man versteht ja kaum sein eigenes Wort.

Paradiesisch

Die Hunde hören sie schon von weitem. Helles, fröhliches Gekläff. Die Fahrt von Madrid über die Meseta bis an die Atlantikküste war anstrengend. Der kleine Peugeot holpert seit einer halben Stunde über die ausgetrockneten Spurrinnen des sandigen Dünenweges. Das Gästehaus soll am Meer liegen, ganz einsam am Rande eines Naturschutzgebietes.

»Wo es Hunde sind, gibt es auch Menschen, Piet«, sagt Evi zu ihrem Mann. Nach der nächsten Kurve kommen drei kniehohe, braun-weiß gefleckte Hunde kläffend und jaulend auf den Wagen zugerannt.

»Die wollen uns begrüßen«, sagt Evi und legt die Hand auf sein Knie. «Guck mal, wie die mit dem Schwanz wedeln!«

»Den Spruch kenne ich«, quetscht ihr Liebster zwischen den Zähnen hervor. »Und wenn sie uns beißen, sagt Frauchen, das hätten sie noch nie gemacht. »

»Nun mal mit der Ruhe«, sagt sie. »Bleib einfach stehen!«

Evi öffnet die Wagentür und geht langsam mit herunterhängenden Armen und offenen Händen auf die Hunde zu. Sie kommen in großen Sprüngen, bellend und schwanzwedelnd, auf sie zu, schnuppern an ihren Händen, tanzen um sie herum.

»Lina, Perro, die ganze Bande zurück! Lasst unsere Gäste in Ruhe ankommen!«

Eine schlanke Frau mit dunklem Wuschelkopf ist in der Kurve aufgetaucht, kommt lächelnd auf sie zu.

»Herzlich willkommen! Ich bin die Charlotte. Fahrt den Wagen bis zum Parkplatz am Haus. Die Hunde tun euch nichts.« Küsschen rechts. Küsschen links, spanische Begrüßungsfloskeln. Que tal?

Evi und Piet tragen die Koffer ins Haus, gehen durch die geräumige Küche an der großen Arbeitsplatte vorbei, auf der Charlotte angefangen hat, eine Paella zuzubereiten. Das helle, sparsam mit spanischen Möbeln eingerichtete Doppelzimmer gefällt ihnen.

»Wenn ihr morgens das Rollo hochschnappen lasst und das Fenster aufmacht, scheint euch die Sonne direkt auf den Bauch«, sagt Charlotte.

Bei offenem Fenster hört man das Meer rauschen. Schäumend brechen die Atlantikwellen, weiße Gischtzungen laufen am Strand aus. Auf dem sanft abfallenden Hang vor dem Haus liegen ein Surfbrett und ein Seekanu.

»Andere Gäste gibt es zurzeit nicht«, sagt Charlotte. »Fühlt euch wie zu Hause.«

»Da können wir ja morgens nach dem Aufstehen sofort nackig ins Meer springen«, schlägt Evi vor.

»Wie im Paradies«, sagt Piet.«

»Warte, bis die Schlange kommt«, sagt Evi und küsst ihn.

Am Abend sitzen sie auf der mit Weinranken überdachten Terrasse und genießen die Paella. Sie sind zu dritt, wenn man die drei

Hunde und die zwei Katzen nicht mitrechnet, die es sich unter dem Tisch bequem gemacht haben.

»Die Hunde sind mir zugelaufen«, sagt Charlotte. »Die sind alle wohl ausgesetzt worden. So sind die Spanier! Herzlos. Der Tierarzt hat sie erst mal entflöht. Habe sie dann hochgepäppelt.«

»Und die Katzen?«, fragt Evi verunsichert. Charlotte hebt den schwarz-grau gestreiften Tiger auf den Schoß. »Ein schönes Tier, nicht wahr?«, sagt sie. »Hat mir ein Kunde geschenkt. Madame hier«, sie zeigt auf die kleine pechschwarze Katze, »war eines Tages einfach da. Ich habe sie natürlich sofort sterilisieren lassen.« Sie fasst unter den Tisch, streichelt den Kopf des Tieres, das sofort mit der Zunge über ihre Hand leckt. Piet verzieht das Gesicht.

»Du bist wohl sehr tierlieb«, sagt er. »Was hat dich in diese Einsamkeit verschlagen?«

Charlotte erzählt. Sie erzählt gerne und ausführlich. Ihr Leben ein einziges Abenteuer. Studium abgebrochen, in Kneipen gejobbt, mit einem Typen abgehauen nach Südspanien. Sie kauften für ein paar tausend Mark – Papas Geld – eine Ruine am Meer. Völlig runtergekommen. Friedhelm hatte geschickte Hände, das Haus wurde so groß, so dass sie Zimmer an Gäste vermieten konnten und eine sichere Erwerbsquelle hatten. Dann schmiss sie den Typen raus, wie sie sagte. Er sei ihr auf die Nerven gegangen. Das Haus sei auf ihren Namen eingetragen.

Die Vermietung lief gut, Gäste kamen in Scharen. Der Bedarf nach Häusern wuchs, immer mehr Engländer, Deutsche, Franzosen suchten am Meer ein Feriendomizil. Charlotte fing an, als Immobilienmaklerin zu arbeiten. Erst in Kommission für eine größere Firma, später auf eigene Rechnung.

»Ich stecke mir das Geld lieber selbst ein. Ist auch steuerlich günstiger, weniger von den Behörden zu kontrollierbar. Seit dem Baustopp sind hier am Meer die Grundstückspreise ins Unermessliche gestiegen. Übrigens, sollten wir nicht noch eine Flasche Rotwein aufmachen?«

»Die hält sich doch für superschlau«, sagt Evi später zu Piet. «Sie weiß alles, kann alles. Ist ja nicht zum Aushalten. Und wieso hat sie jetzt nicht mehr Gäste?«

»Es scheint zurzeit keinen Mann in ihrem Leben zu geben«, sagt Piet.

»Dann greif doch zu!«, sagt Evi.

Sie legt sich ins Bett und zieht die Decke über die Ohren. Wehrt Piet ab, der sich zu ihr hinüberrollt.

Am nächsten Morgen scheint ihnen die Sonne tatsächlich auf den Bauch, als sie das Fenster öffnen. Charlotte ist nirgendwo zu sehen. Ein Zettel liegt auf dem Tisch, sie sei unterwegs, sie habe Kunden. Nach dem Frühstück schleppen sie zwei Sonnenliegen hinunter an den Strand. Das Wasser ist kühl und erfrischend. Evi schwimmt weit hinaus. Piet versucht, das Surfboard aufzuriggen. Evi hört seine Jubelschreie, als er an ihr vorbeirauscht. »Geil! Geil!«

Am Abend kommt Charlotte sehr spät zurück. Sie hatten schon geschlafen. Evi wird wach, schaut aus dem Fenster und sieht

Charlotte , die auf der Terrasse sitzt, einen Schal um ihre Schultern, einen Hund auf ihrem Schoß, den Kopf auf der Tischplatte. Vor ihr eine leere Flasche Rotwein,

»Morgen fahren wir«, sagt Evi und rüttelt Piet. »Ich jedenfalls fahre!«

Piet brummelt Unverständliches.

»Was ?«

»Ich bleibe noch«, sagt Piet. Er dreht sich auf die Seite mit dem Gesicht zur Wand.

Das Foto

Unsere Tochter hat das Foto herausgesucht. Wir brauchten ein Bild für die Trauerfeier, um es in der Kapelle an den Sockel zu lehnen, auf dem die Urne steht. Ein schönes Bild von dir. Sie hat es vor vielen Jahren gemacht, bei unserem letzten gemeinsamen Urlaub. Jung siehst du aus. Und fröhlich. Der Wind hat dir dein dichtes, dunkles Haar ins Gesicht geweht. Mit der rechten Hand versuchst du, die Strähnen zu bändigen. Die Augen sind zusammengekniffen, du schaust in die Sonne. Dein Mund lacht in die Welt.

Ihr hätte das Foto sicher auch gefallen, wenn sie den Mut gehabt hätte hierherzukommen, um Abschied zu nehmen. Ich habe damit gerechnet, habe mich gefragt, wie ich reagieren soll. Du warst ein ungeheuer attraktiver Mann, das wusstest du. Die Frauen sind auf dich geflogen, so sagt man doch. Der Herr Bankdirektor war klug und kompetent, die Frauen um ihn herum – Bankerinnen, Sekretärinnen, Kundinnen – sie alle vergötterten dich, erlagen deinem Charme. Du hast dich amüsiert, mir immer wieder gesagt, wie sehr du mich liebtest, dass nie, nie eine andere Frau zwischen uns stehen würde. Als ich jung war, war ich misstrauisch, konnte mein Glück kaum fassen, dass du mich, nur mich wolltest.

Ich habe mein Pharmazie-Studium abgebrochen, als Mirjam zur Welt kam. Du hast gesagt, du würdest für uns beide sorgen. Verdient hast du ja genug. Ein zweites Kind wollten wir auch. Kinder haben wir leider keine mehr bekommen. Wir richteten uns ein in unserer trauten Dreisamkeit.

Aber auf einmal war ich dir doch nicht mehr genug. Ja, du warst immer noch ein jugendlich aussehender Mann, beweglicher, sportlicher, unternehmungslustiger als ich. Aber musste es eine dreiundzwanzigjährige Praktikantin sein? Hast du – ohne dass ich es bemerkt hatte – Angst vorm Altern bekommen? Sollte die junge Frau – jünger als deine Tochter – dir deine Jugend wiedergeben? Nein, man kann dem Tod nicht entkommen, auch nicht wenn man seine eigenen Kinder heiratet. Der Satz steht in *Homo Faber*. Max Frisch haben wir doch beide gelesen. Damals, in unserer Zeit.

Du hast die Koffer gepackt, gesagt, du könntest nicht ohne sie leben. Wir haben beide geweint, an diesem regnerischen Abend vor acht Jahren, als du im Flur standest, die Koffer schon im Wagen, um mich noch einmal in den Arm zu nehmen.

»Verzeih mir«, hast du gebettelt und ich habe mich steif gemacht und habe dich weggestoßen. »Hau ab«, habe ich gesagt und gedacht, gut, dass Mirjam nicht mehr hier wohnt.

»Geh zu deinem Flittchen!«, habe ich geschrien.»Ihre Möse ist sicher enger als meine.«

Wie ein begossener Pudel bist du aus der Wohnung geschlichen. Du hast dich vor dir selbst geschämt. Und vor deiner Tochter. Vor mir. Vor deiner Mutter auch, vor allen Dingen vor deiner Mutter.

»»Midlife Crisis«, hat die achselzuckend gesagt. »Männer drehen da manchmal durch. Warte ab, der kommt wieder!«

»Ich will ihn nicht mehr!«, habe ich gesagt. »Ich nehme ihn nicht zurück, deinen Sohn. Niemals!«

Im letzten September standest du plötzlich vor der Tür. Abgemagert, mit schütterem Haar und tiefen Ringen unter den Augen. »Ich wollte dir nur sagen, ich lebe wieder allein«, sagtest du. »Sie will mich nicht mehr. Ich bin ihr zu alt und zu krank.«

»Komm rein«, habe ich wider besseres Wissen gesagt und dir einen Kaffee angeboten.

»Darf ich nicht. Bitte, nur einen Pfefferminztee«, sagtest du.

»Das heißt, du bist ernsthaft krank«, habe ich gesagt und spöttisch gelacht. »Noch nicht mal einen Cognac?«

Du hast den Kopf geschüttelt. »Nein. Ein Tumor im Gehirn. Inoperabel, sagt der Arzt.«

Ein Schlag in den Magen, ich schnappte nach Luft. Deswegen hat sie ihn an die Luft gesetzt, dachte ich. Sie will die Pflege nicht übernehmen. Jetzt hat er sich an mich erinnert. Wir starrten uns schweigend an.

»Es ist nicht so, wie du denkst«, sagtest du endlich. »Ich wollte es dir nur persönlich sagen. Du solltest es nicht von außen zugetragen kriegen. Ich dachte, das sei ich dir schuldig.«

»Du bist mir gar nichts schuldig.«, sagte ich. »Ich bin gut allein klargekommen. Habe sogar meinen Uni-Abschluss nachgeholt. Pharmazie. Du erinnerst dich?«

Du nicktest,: »Ich weiß. Du bist immer eine starke Frau gewesen. Viel lebenstüchtiger als ich«.

»Haha«, sagte ich. »Deswegen durftest du mich auch verlassen für diese, diese ... «

»Bitte nicht«, flehtest du. »Ich habe nur noch ein halbes Jahr zu leben. Ich möchte etwas gutmachen an dir – und Mirjam.«

»Zu spät«, sagte ich.

Du hast dich umgedreht und bist gegangen.

Und dann habe ich doch hinter dir her telefoniert. Die letzten Monate hast du bei mir gewohnt. In unserm alten, vertrauten Haus.

Nun stehe ich hier, vor deinem Bild. Es spricht von schönen, unbeschwerten Tagen.

Obdachlos

Es war voll in der Altstadt. Auf dem Marktplatz blinkten die elektrischen Kerzen in der Dämmerung. An den mit Tannenzweigen geschmückten Holzbuden drängten sich die Menschen, aßen Wurst und Schaschlik mit Pommes rot und weiß, schlürften Glühwein an runden Stehtischen. Kleine Kinder starrten sehnsüchtig auf die tutende Eisenbahn und quengelten, bis Mutter oder Vater nachgab und dem Nachwuchs eine Fahrt spendierte. Zeit geschunden für einen zweiten Glühwein. Aus Lautsprechern dudelte: *O du fröhliche.*

»Komm, Udo, wir gehen«, sagte eine ältere Frau zu ihrem Mann. »Ganz schön hier, aber mir reicht es.«

»Mir auch«, sagte der Mann, trank sein Glas leer, warf die Pommesschalen in den überquellenden Abfallbehälter und nahm den Korb mit dem Wochenendeinkauf hoch.

»In den Buchladen gehen wir nächste Woche, dann ist es nicht so voll.«

Sie bogen in den kleinen Fußgängerweg zum Stadtgraben ein, wo ihr Auto geparkt war. Sofort ließ der Lärm nach, es waren weniger Leute unterwegs und sie schlenderten an den Fachwerkhäusern vorbei, die so schief standen, dass man Angst hatte, die Balken würden nachgeben.

Den alten Mann mit dem großen Rucksack auf dem Rücken nahmen sie erst wahr, als er taumelte und vor ihnen auf das Pflaster schlug. Es war niemand in der Nähe, der hätte helfen können, also sahen sie sich an, gingen zu dem Mann und beugten sich über ihn.

Er blutete stark aus der Nase, war aufs Gesicht gefallen, ohne sich mit den Händen abzustützen.

»Der ist bewusstlos«, sagte die Frau und rüttelte an seiner Schulter. »Hallo, hallo, können Sie mich hören?«

Der alte Mann hob den Kopf, wischte sich mit einer schmutzigen Hand über die Nase, verteilte das Blut übers Gesicht.

»Nich so schlimm«, lallte er und versuchte hochzukommen. »Nich so schlimm. Nur ein bisschen betrunken! Nur ein bisschen.« Er ließ sich auf das Pflaster zurücksinken.

»Sie können hier nicht liegenbleiben«, sagte die Frau. »Es ist zu kalt. Kommen Sie, wir helfen Ihnen hoch!«

Das Ehepaar versuchte, dem Alten aufzuhelfen. Erfolglos. Er war viel zu schwer und ließ sich hängen.

»Wenigstens aufrecht hinsetzen«, sagte Udo. »Hilf mir, Annette!«

Gemeinsam hievten sie ihn in eine sitzende Position. Er lehnte jetzt an die Unterschenkel seiner Helfer, drohte allerdings wieder umzukippen.

»Nur betrunken«, sagte der Alte. »Nich so schlimm. Bisschen betrunken.«

»Ganz schön betrunken«, sagte die Frau. »Ich werde einen Krankenwagen holen.« Sie zückte ihr Smartphone.

»Ich mach das schon«, rief ein Mann im Overall, der seinen Lieferwagen auf den Parkstreifen manövriert hatte und ausgestiegen war.

»Die Klinik ist in der Nähe.« Er tippte eine Nummer ein.

»Sie sind ein guter Mensch, so ein guter Mensch«, sagte der Betrunkene zu der Frau. »So ein guter Mensch!«

»Na ja«, sagte Annette.

»Ich bin Künstler«, sagte der Alte. »Ich bin Maler.«

»Wie schön«, sagte die Frau. »Mein Mann malt auch.«

»Dann sind wir ja Kollegen«, sagte der alte Mann und versuchte, Udo die Hand zu reichen, wobei er wieder umkippte und auf das Pflaster schlug. Der Lieferwagenfahrer war zur Kreuzung vorgegangen, um den Krankenwagen einzuweisen. Noch hörte man keine Sirene. Kalt war es, saukalt.

»Sechzehn Jahre war ich trocken«, sagte der Alte. »Sechzehn Jahre!«

»Wäre besser gewesen, Sie hätten durchgehalten«, sagte Annette.

»Da haben Sie Recht, verehrte Dame«, sagte er und nickte. »Da haben Sie Recht.«

Udo zerrte an der schmutzigen Jacke des verletzten Mannes und bekam ihn wieder in eine sitzende Position. Er drückte die Knie gegen den Rücken des Betrunkenen, damit er nicht wieder umfiel.

»Wir warten, bis der Krankenwagen kommt.«

»Ich war ein guter Vater«, sagte der Mann. »Hat man Sohn neulich noch gesagt. Ein guter Vater. Wenn er mal einen Sohn hat, hat er gesagt, hat mein Sohn gesagt, will er auch so ein guter Vater sein wie ich.«

»Schön für Sie«, sagte Annette und schaute in die Richtung, aus der der Krankenwagen kommen sollte.

Ein Mann kam aus dem Haus gegenüber, mit einem Stuhl unterm Arm.

»Wollen wir ihn draufsetzen?«, fragte er.

»Schaffen wir nicht«, sagte Udo. »Er ist zu schwer!«

»Ich hole eine Decke«, sagte der Nachbar, eilte ins Haus kam mit einer Kamelhaardecke wieder.

»Die wird blutig«, sagte Udo.

Der Mann zuckte die Achseln und deckte den Verletzten zu.

»Danke«, lallte der Betrunkene. »Nette Menschen, alle!«

Der Krankenwagen kam und kam nicht.

»Die wissen, was sie erwartet. Die haben dringendere Fälle«, sagte Udo. »Aber hier auf dem Boden wird er erfrieren.«

»Mir is nich kalt«, sagte der Betrunkene und versuchte, sich wieder hinzulegen.

»Bleiben Sie bloß sitzen«, sagte der Mann mit der Decke. »Nicht wieder umfallen.«

Eine junge Frau kam mit zwei Retrievern aus dem Haus vor ihnen. Sie stellte sich vor den Alten, der die Hunde begeistert anschaute.

»Sie kenne ich doch«, sagte die junge Frau.« Sie sitzen doch immer in der Kneipe *Zur goldenen Ente*."

»Genau«, sagte der Alte. »Da komm ich gerade her! Und nu bin ich umgefallen.«

»Und Sie machen da Musik«, sagte die junge Frau.

»Ich bin Künstler«, sagte der Mann. »Ich spiele Schifferklavier.«

»Und ganz gut«, sagte die junge Frau.

Der alte Mann strahlte sie an.

»Ich danke Ihnen«, sagte er und schnalzte mit der Zunge. »Wie heißen die Hunde!«

»Max und Moritz«, sagte die Frau.

»Schöne Namen«, sagte der Mann. »Kommen Sie mit ins Krankenhaus?«

»Nein«, sagte die Frau. »Ich hab ja die Hunde.«

»Bitte, bitte«, sagte der Mann.

Nein«, sagte die Frau und lächelte. »Die Hunde. Ich muss auf die Hunde aufpassen. Aber ich bleibe, bis der Krankenwagen kommt.«

»Schade«, sagte der Alte und versuchte, sich wieder hinzulegen.

Aus der Ferne ein Martinshorn.

»Gott sei Dank«, sagte Udo, dessen Knie von der Anstrengung, den Verletzten im Gleichgewicht zu halten, zitterten. »Wurde ja auch Zeit.«

Langsam näherte sich der weiße Wagen. Zwei Sanitäter stiegen aus, zogen Handschuhe an.

Der ältere Sanitäter kniete sich zu dem Betrunkenen.

»Na, mein Lieber, was ist los?«, fragte er.

»Betrunken«, sagte der Alte. »Nich so schlimm.«

»Wir nehmen Sie erst mal mit ins Krankenhaus«, sagte der Sanitäter und winkte seinen Kollegen heran.

»Was werden Sie mit ihm machen? Hat er eine Wohnung?«, fragte Annette.

Der junge Sanitäter zuckte die Schultern. »Nicht unser Bier! «

Der Clown

Warum dieses Skelett auf dem Motorrad sitzt, wollen Sie wissen. Neben meinem grün-weißen Zirkuswagen? Und warum ich so traurig aussehe. Das wollen Sie auch wissen? Weil Clowns fröhlich zu sein haben, unbeschwerte Spaßmacher, die die Leute zum Lachen bringen, nicht wahr? Und ich hätte in meinem weiß geschminkten Gesicht schon Trauerfurchen, die die Schminke sprengen würden, sagen Sie. Und meine Mundwinkel seien auch künstlich nach oben geschminkt. Alles Maske, denn meine Augen würden mich verraten. Die blickten so traurig. Ob ich depressiv sei, wollen Sie wissen? Ich weiß nicht. Darüber habe ich noch nie nachgedacht. Wenn Sie wollen, erzähle ich Ihnen meine Geschichte. Aber nur, wenn Sie Zeit und Lust haben. Ich will mich nicht aufdrängen.

Tue ich nicht, sagen Sie. Sie sammelten Schicksale, sagen Sie. Sie seien süchtig nach Geschichten, die Sie aufschreiben. Ich weiß nicht, ob meine Geschichte interessant genug ist für eine Schriftstellerin. Ich solle nur mal anfangen? Kommen Sie rein, kommen Sie einfach rein in mein Zuhause! Drinnen ist es gemütlicher als auf den Stufen hier. Und wärmer. Ich mache uns einen Tee. Kommen Sie!

Ob ich traurig bin, fragen Sie. Eine komische Frage. Darüber habe ich noch nie nachgedacht. Traurig? War ich mal. Ich fühle gar nichts mehr. Keine Freude, keine Traurigkeit. Einfach nichts. Erst in der Manege, wenn die Leute lachen und die Kinder mir zujubeln, werde ich wieder ein bisschen lebendig.. Klar doch, ich liebe das Zirkusleben, das Herumziehen von Ort zu Ort, ohne festen Wohnsitz. Ich liebe die Abende in der Manege und die Zauberwelt der Illusion.

Mein wahres Gesicht, fragen Sie. Was ist mein wahres Gesicht? Und wenn ich eins hätte, wer würde es sehen wollen? Ich jedenfalls nicht. Meine Geschichte wollen Sie hören? Sagen Sie Bescheid, wenn Sie genug haben.

Zuhause waren wir sieben Kinder. Meine Mutter hat sich abgerackert und anderen Leuten die Wäsche gewaschen und den Dreck weggewischt. Mein Vater versoff das wenige Geld, das er als Landarbeiter verdiente und starb, kurz nachdem meine Mutter mich und meine Zwillingsschwester in die Welt katapultiert hatte. Ungewollte Nachzügler waren wir, meine Schwester und ich, ungewollt und ungeliebt. Es war auch ohne uns schwer genug, die Mäuler zu stopfen. Aber meine Mutter sprang von Tischen und Schränken, versuchte, sich in der Badewanne zu verbrühen, trank bitteren Pflanzensaft, den die Dorfhexe ihr heimlich zusteckte. Nichts nützte. Eine medizinische Abtreibung kam in unserem bayrischen Dorf selbstverständlich nicht infrage. Eine Todsünde, für die man in die Hölle kam. Als ob wir nicht schon in der Hölle waren! Und dann starben zwei meiner älteren Brüder nach einem alkoholtriefenden Abend, als sie mit ihrem Moped gegen einen Baum knallten. Sie hatten gerade eine Lehre angefangen und brachten ein wenig Geld mit nach Hause.

Meine Schwester haute mit 16 ab mit dem Typen vom Wanderzirkus, der durch unser Dorf kam und auf der Hauptstraße für seine Tiere bettelte. Sie war eines Tages einfach weg. Zu diesem Zeitpunkt wusste ich auch schon, dass ich nicht war wie die anderen Jungen, die sich mit Mädchen herumtrieben, rauchten, soffen und die eine oder andere Schickse in der Scheune flachlegten.

Weichei, sagten sie zu mir, Sissy, weil ich lange Zeit klein und zart geblieben war, mit blonden Locken. Ich denke, meine Mutter hätte gerne zwei Mädchen gehabt, wenn schon. Aber dass ich schwul war, das passte ihr auch nicht, da schämte sie sich für mich.

Die Hauptschule habe ich mit guten Noten abgeschlossen und eine Lehre beim Bäcker in der nächsten Kleinstadt gemacht. Gekocht und gebacken habe ich schon immer gerne. Auch das frühe Aufstehen hat mir nichts ausgemacht. Aber als der Bäcker mich eines Tages mit seinem Sohn im Heu erwischt hat, da bin ich rausgeflogen. In der Stadt habe ich dann als Küchenjunge in einem Schnellimbiss gejobbt, durfte später auch als Hilfskoch arbeiten, denn mein Chef hat schnell gesehen, dass ich was vom Kochen verstand und gute Geschmacksnerven hatte. Die Leute mochten meine Sachen.

Mit 22 habe ich Reinhard kennengelernt, der war 25 Jahre älter als ich und hat sich in mich verliebt. Wir hatten eine gute Zeit, haben zusammen ein Bistro in Garmisch eröffnet. Der Laden war in, lief gut in der Szene. Von Reinhard habe ich viel gelernt: Autofahren, Motorradfahren und so Sachen. Wir waren fast 6 Jahre zusammen und dann – bums – ein Verkehrsunfall und Reinhard gab es nicht mehr. Ein vollgedröhnter Porschefahrer hatte ihn totgefahren. Einfach so. Eigentlich hatte er gesagt, er wolle mir das Bistro vermachen, wenn ihm mal was passieren würde. Aber es gab nichts Schriftliches. Wer rechnet denn mit so was? Reinhard war doch erst knapp über 50. Die gierige Verwandtschaft hat sich natürlich alles unter den Nagel gerissen. Das schwule Früchtchen kriegt keinen Penny, haben sie gesagt. Da stand ich wieder – völlig mittellos – auf der Straße, 26 Jahre alt. Ich bin in der Münchener Schwulenszene abgetaucht, habe eine Zeitlang auf dem Strich gearbeitet, war Diskjockey in den einschlägigen Kneipen. Musik mochte ich immer schon. Habe mir alles selbst beigebracht: Gitarrespielen, Mundharmonika, Schifferklavier. Alles ohne Noten. Mein Traum war immer eine Drehorgel, aber die konnte ich mir nicht leisten.

Ja, und dann kam Josef. Josef aus Augsburg. Wir verstanden uns auf den ersten Blick. Er hatte mich den ganzen Abend angesehen. Als die Disko zumachte, stand er auf der Straße und wartete auf mich. Josef war Besitzer eines Restaurants im Alpenvorland, suchte dringend einen Koch. Ich kam für ihn wie gerufen. Wir haben blendend zusammengearbeitet, Josef hat mir das Kochen beigebracht. Ich meine, richtig kochen. Sterne kochen. Ich habe alles von ihm gelernt. Er war auch 20 oder 25 Jahre älter als ich, aber fit und fröhlich. Wir hatten ein gutes Leben. Im Winter machten wir immer wochenlang das Lokal zu. Gingen auf Reisen. Wollten die Welt sehen. Hauten dabei alles Geld auf den Kopf, das wir verdient hatten. Es war wunderbar. Wir waren in Namibia und Südafrika, bereisten Vietnam und Thailand und Laos. Mieteten ein Wohnmobil in Neuseeland. Ich dachte nicht an die Zukunft. Ich war jung, hungrig nach Leben und Abenteuer. Er wollte mich immer absichern, sagte er, er sei so viel älter. Ich sollte das Restaurant weiterführen, wenn ihm was passieren würde. Es fehlte nur noch die Unterschrift des Notars. Ich winkte ab. Wir hatten doch noch so viel Zeit. Wir fuhren nach Südamerika, besichtigten die Mayatempel in Guatemala, die Wasserfälle in Iguazú, durchquerten im Jeep die Atacama-Wüste, fuhren im Kanu den Amazonas hinunter. Und dann – warten Sie – ich hole uns noch etwas Tee. Oder etwas Stärkeres? Ein Bier? Einen Schnaps? Nein, Sie seien zu gespannt, sagen Sie. Ich solle weiter erzählen.

Das Ende ist nicht schön. Wir saßen in Rio an einem frühen Abend in einer Strandbar an der Copa Cabana. Sonnenuntergang. Reges Strandleben, fröhliche Menschen um uns herum, Musik. Ich hob gerade das Glas Bier an meine Lippen, da spürte ich etwas Kaltes in meinem Rücken. Ganz ruhig bleiben, sagte eine Stimme. Keep calm! Der Lauf einer Waffe bohrte sich zwischen meine Schulterblätter. Der Räuber wandte sich an die anderen Gäste. Alles Geld auf den Tisch, Portemonnaies, Ausweise, Schmuck ablegen, Ketten, Ohrringe, Uhren. Alles ... sonst! Er fuchtelte mit der Pistole. Sonst knall ich den Mann hier ab. Auch wer kein Spanisch konnte, verstand, was er sagte. Die Leute gehorchten, starr, schweigend, voller Angst. Ein zweiter Mann mit schwarzem Kapuzenpullover sammelte Geld und Wertsachen ein. Niemand rührte sich. Und dann geschah das Unbegreifliche. Die Männer wandten sich zum Gehen, doch ehe sie verschwanden, schoss der eine von ihnen meinem neben mir sitzenden Freund in den Kopf. Richtete ihn hin. Einfach so. Ohne Vorwarnung. Josef hatte nichts getan. Alle seine Sachen abgeliefert wie die anderen auch. Er wurde einfach abgeknallt. Starb in meinen Armen. Wissen Sie jetzt, warum es mir schwerfällt, fröhlich zu gucken? Nicht, weil ich wieder alles verlor. Natürlich bekam ich das Restaurant nicht. Josefs Brüder schmissen mich sofort raus, teilten sich die Beute, wenn man so sagen darf. Ich war wieder allein, hatte meine große Liebe verloren, war mittellos, musste wieder von vorne anfangen.

Ich brauchte lange, um mich zu erholen. Flog nach Madeira, arbeitete als Gärtner, Koch, Verwalter, was immer so gebraucht wurde. Das war die Zeit, als ich das angestaubte Skelett auf dem Jahrmarkt ersteigerte. Ich montierte es auf den Soziussitz meiner alten Harley, die ich aus Deutschland mitgenommen hatte. Mephisto heißt er, mein permanenter Begleiter. Von da an fuhr der Tod immer mit. Ich war bald das bekannteste Fotomotiv in Funchal, die Leute fanden uns geil. Und lachten. Ich lachte auch. Tat zumindest so. Was sagen Sie, vielleicht brauchte ich den Tod als ständigen Begleiter, um überhaupt dem Leben noch etwas abgewinnen zu können? Weiß nicht, klingt mir zu kompliziert. Ich bin kein Seelenklempner.

Langsam ging es wieder aufwärts. Ich bin wohl ein Stehaufmänneken, wie man so sagt. Aber was sollte ich tun? Auf Dauer konnte ich den ewigen Frühling, die überall explodierende Blütenpracht der Paradies-Insel nicht ertragen. Mich widerte der Reichtum der ausländischen Villenbesitzer an. Ich zog zurück nach Deutschland. Ja, Sie haben richtig gehört. Ins kalte, nasse Deutschland. Ich suchte und fand meine Zwillingsschwester, die immer noch mit ihrem Mann mit dem kleinen Wanderzirkus durch Deutschland tourte. Sie nahm mich auf und sagte, ich gäbe einen guten Clown ab. Die Kinder würden sich totlachen über mein trauriges Gesicht, da sei sie sicher. Und mehrere Instrumente spielte ich auch. Und nun stehe ich als dummer August in der Manege, schwinge die Peitsche, die sich zum Ergötzen des Publikums immer wieder um meinen Körper wickelt, stolpere durch die Arena und falle über meine viel zu großen Schuhe. Vielleicht waren die Schuhe immer zu groß für mich. Jetzt fang ich an zu philosophieren.

Aber wissen Sie, was ich am liebsten tue? Drehorgel spielen. Eine Drehorgel habe ich mir geleistet, als ich die Harley verkauft habe. Und wenn Sie wollen, spiele ich Ihnen zum Abschied was vor auf der Drehorgel. Kennen Sie das Lied von der »Anneliese«, die ihren Liebsten im Stich gelassen hat, so wie ich immer im Stich gelassen wurde.

Er steht auf, holt die Drehorgel hinter dem Sofa hervor, legte eine Walze ein und schon bald hörte man die klagende Stimme des untröstlichen Liebhabers:

Anneliese, ach Anneliese,

warum bist du böse auf mich?

Anneliese, ach Anneliese,

du weist doch, ich liebe nur Dich.

Doch ich kann es gar nicht fassen,

Dass du mich hast sitzen lassen,

wo ich mit dem letzten Geld

die Blumen hab für Dich bestellt.

Und weil du nicht bist gekommen,

hab' ich sie vor Wut genommen,

ihre Köpfe abgerissen

und dann in den Fluss geschmissen.

Anneliese, ach Anneliese,

Du weißt doch, ich liebe nur dich.

Pechvogel

Mäxchen war ein nettes Baby, freundlich und still und – zur Freude seiner Mutter – unheimlich verfressen. Das Kerlchen blühte und gedieh.

»Nein, was sieht das Jungchen gesund aus«, sagte die Omi. »So ein nettes, dralles Baby!«

Er lächelte alle an, schlief von Anfang an durch und machte nie Probleme, bis, ja bis seine Mutter ihn in der Kita anmeldete. Dort wurde er zum Liebling aller weichherzigen Erzieherinnen, so ein unproblematisches Kind gab es selten, so anhänglich und lieb, aber dann wurde immer deutlicher, dass seine Sprachentwicklung hinter der gleichaltriger Jungen zurückblieb. Von den Mädchen ganz zu schweigen, die waren ihm Welten überlegen. Auch motorisch lief er nicht gerade zur Höchstform auf. Männchen malen, die Lieblingsaufgabe der freundlichen Kindergärtnerinnen, bei deren Interpretation sie ihre psychologischen Fähigkeiten schulen wollten, war für den Kleinen eine Tortur. Den Männchen fehlten entweder Arme oder Beine, der Kopf geriet viel zu groß oder zu klein. Und basteln wollte er auch nicht.

»Nicht altersgemäß« entschied der Kinderarzt bei der Routineuntersuchung. »Sie müssen sich mehr mit dem Kind beschäftigen!«, sagte er und blickte die Mutter strafend an. Die machte ein betroffenes Gesicht, zuckte die Schultern, strich dem Kleinen über die blonden Wuschelhaare und sagte: »Mein kleiner Dummerjahn, ich hab dich trotzdem lieb.« Der Kleine lächelte sie an.

Ihn ein Jahr später einzuschulen, war ein Problem. »Der Junge braucht mehr Zeit«, sagte der Psychologe bei der Schuleintrittsuntersuchung. »Macht nichts«, sagte die Mutter. »It takes all kinds to make the world.« Der Psychologe schaute sie erstaunt an. Die Mutter konnte Englisch.

Dass der Vater des Jungen langsam ungeduldig wurde, Fortschritte sehen wollte, war solange kein Problem, wie seine Frau ihre schützende Hand über den Jungen hielt. »Hauptsache, er ist glücklich«, sagte sie und blickte versonnen auf das ruhig vor sich hin spielende Kind, das geduldig die Steine seiner Legokiste nach Farben sortierte.

Das Drama fing an, als die Mutter des Jungen bei einem Fahrradunfall ums Leben kam. Der Vater war allein mit dem Jungen, der so gar nicht seinen Vorstellungen entsprach. Er selbst war Handwerker, hatte einen qualifizierten Hauptschulabschluss und arbeitete hart, um einen akzeptablen Lebensstandard aufrechtzuerhalten. Das kleine Häuschen musste abgezahlt werden, der BMW – sein ganzer Stolz - war seinem Gehalt nicht angemessen. Der Junge sollte es einmal besser haben. Doch die Leistungen in der Grundschule gaben wenig Grund zur Hoffnung. Eine weiterführende Schule war nicht drin, trotz der Nachhilfestunden, die zu bezahlen er sich zähneknirschend entschloss.

Die neue Frau an seiner Seite mit ihren zwei cleveren Mädchen, die das Gymnasium besuchten, waren für seinen Jungen auch nicht motivierend, der zog sich immer mehr zurück.

In der Hauptschule geriet er – wen wunderte das – an die falschen Freunde. Jungen, die schlauer waren als er, die ihn aber in ihre Clique aufnahmen, ihm beibrachten zu rauchen, Alkohol zu trinken, sich immer wieder an dem Geldbeutel seines Vaters, seiner Stiefmutter zu vergreifen. Natürlich fiel das auf, es gab schreckliche Donnerwetter, aber mittlerweile war es dem Jungen wichtiger, Mitglied der Clique zu sein, als seinen Eltern zu gefallen. Da hatte er längst resigniert, das schaffte er sowieso nicht.

Problematisch wurde sein Verhalten in der Berufsschule. Der Junge war weiterhin nicht aufsässig, eher einsichtig, aber lethargisch. Es war die Clique, die ihn anstachelte, im Kaufhaus Dinge »mitgehen zu lassen«. »Mutprobe«, sagten sie. »Völlig ungefährlich.« Natürlich wurde er erwischt.

«Ja, wenn du dich auch so doof anstellst!«, sagten sie. »Deine Schuld.«

Den Zigarettenautomaten zu knacken, war schon ein schwerwiegenderes Delikt. Dabei knackte er ihn gar nicht, stand nur Schmiere. Als die Polizei kam – ein aufmerksamer Nachbar hatte bei der Wache angerufen – liefen alle weg. Nur er wurde erwischt. Selbstverständlich schoben die anderen die Schuld auf ihn. Eine ernsthafte Verwarnung vom Jugendrichter. Einige Stunden soziale Arbeit wurden ihm aufgebrummt, er war mittlerweile siebzehn.

Die Situation änderte sich, als er Juli kennenlernte. Sie kam aus einfachen Verhältnissen, ihre Mutter arbeitete bei einer Reinigungsfirma. Juli war klug und ehrgeizig, wollte etwas erreichen in ihrem Leben. Sie verliebte sich in den ruhigen, freundlichen Burschen, kriegte ihn dazu, seine Lehre als KFZ-Mechaniker abzuschließen. Es winkte ein Job bei Mercedes, das Leben schien eine positive Wendung zu nehmen. Als Juli ihn verließ und sich mit einem Jurastudenten zusammentat, brach seine Welt zusammen. Er fing wieder an, Drogen zu nehmen.

Es waren die alten Freunde, die ihn stützten, aufnahmen in ihre Clique und zu kriminellen Aktionen anstachelten.

»Wir machen den Enkeltrick«, sagten sie. »Rufen ein paar Omas an, die haben fast alle Enkel, und dann bitten wir sie um Geld.«

Max war skeptisch. Die harschen Worte des Jugendrichters saßen ihm noch in den Knochen.

»Den Trick kennt doch mittlerweile die letzte Oma.«, sagte er ."Ich habe eine bessere Idee."

Die Freunde sahen ihn verblüfft an. »Dann schieß mal los!«, sagten sie

Was Max ihnen erklärte, klang plausibel. Sie sollten ausschwärmen und in den sogenannten besseren Stadtteilen herausfinden, wo ältere Leute – möglichst allein – in ihren Häusern lebten, den Namen herauskriegen, die Telefonnummer übers Internet feststellen. Das war heutzutage einfacher als vor dem digitalen Siegeszug, da war sich Max sicher.

Max selbst bewarb sich als Werbeausträger. Klemmte sich einen Stapel der Zeitungen auf den Gepäckträger seines alten Fahrrades, fuhr sein Viertel ab, notierte Namen und Adressen der Besitzer großer Häuser.

Nach einem Monat kannte er sich gut aus in seinem Bezirk, wusste, wer wo wohnt. Er kannte die meisten Mieter und Eigentümer, konnte ihr Alter schätzen, hatte herausgefunden, wer allein in seinem Haus oder in seiner Wohnung lebte.

Sein potentielles Opfer war eine über 80-jährige Frau, die nach dem Tod ihres Mannes versuchte, ohne ihn klarzukommen. Körperlich eingeschränkt, aber durchaus fit im Kopf lebte sie in der Villa am Park, versorgte sich selbst und war wohlhabend genug, sich eine Zugehfrau, einen Gärtner zu leisten. Sie schob den Gedanken an betreutes Wohnen noch weit von sich fort.

»Guten Morgen, Frau Brinkmann«, sagte Max freundlich, als er die alte Frau am Telefon hatte. «Ich rufe von der Polizeiwache an. Wir ermitteln gerade in einem Fall, der sich in Ihrer Straße ereignet hat. Sie wohnen doch in der Waldstraße, nicht wahr Frau Brinkmann? Eine ältere Frau ist vor ein paar Tagen in der Waldstraße in ihrem Haus überfallen worden. Sie liegt noch im Krankenhaus. Sie haben sicher davon gehört, Frau Brinkmann. Nein? Aber Sie haben sicher in der Zeitung gelesen, dass ältere, alleinlebende Frauen zur Zeit öfter Opfer von Wohnungseinbrüchen werden? Frau Brinkmann, glücklicherweise konnten wir einen der Täter ausfindig machen. Er sitzt in Untersuchungshaft. Aber bei der Durchsuchung seiner

Wohnung haben wir einen Zettel mit verschiedenen Namen und Adressen gefunden. Alles alleinlebende Damen. Ihr Name war auch darunter. Ja, Frau Brinkmann, Sie haben recht. Schrecklich. Deswegen rufe ich Sie ja auch an, Frau Brinkmann. Wir wollen nur sicher gehen, dass Sie ihre Türen und Fenster verschließen, wenn Sie das Haus verlassen. Auch nachts. Was sagen Sie, Sie haben eine Sicherheitsanlage. Das ist ja prima, Frau Brinkmann. Da kommt niemand rein. Wir patrouillieren auch jetzt öfter in Ihrer Gegend. Leider haben die Täter aber auch Bankdaten erbeutet. Ihre Bank und Ihre Kontonummer ist auch darunter. Ja, tut mir leid, Frau Brinkmann. Der Staatsanwalt wird Sie auch noch anrufen. Die Kriminellen sind heute fit in digitalen Dingen. Da kommen wir kaum hinterher. Bei einer älteren Mitbürgerin in ihrer Gegend sind alle Konten abgeräumt worden. Stellen Sie sich das vor, Frau Brinkmann. Alle Konten abgeräumt. Bei der Targo-Bank.

Was sagen Sie, Frau Brinkmann. Sie haben keine Konten bei der Targo-Bank. Ach so, bei der Stadtsparkasse. Klar, steht ja auch auf dem Zettel. Ich schlage folgendes vor: Wir gehen zusammen zur Sparkasse und transferieren die Gelder auf eine andere Bank. Ich helfe Ihnen, Frau Brinkmann. Tue ich gerne. Die Polizei – Ihr Freund und Helfer. Wofür sind wir denn sonst da, Frau Brinkmann. Um nette ältere Damen wie Sie zu beschützen. Was sagen Sie, Frau Brinkmann, woher ich weiß, dass Sie nett sind. Das höre ich doch an Ihrer Stimme, so ruhig und sympathisch. Wir kriegen das schon hin, wir beide. Was halten Sie davon, sich mit mir um

11.30 in der Schalterhalle der Sparkasse zu treffen. Ja, genau, die Sparkasse gegenüber dem Rathaus. Ich komme kurz rüber. Wie Sie mich erkennen können? Ich werde Sie erkennen, ich habe doch Menschenkenntnis. Das gehört zu unserer Ausbildung, Frau Brinkmann. Wir Polizisten erkennen Menschen auf den ersten Blick. Noch Fragen, Frau Brinkmann? Alles klar? Machen Sie sich keine Sorgen. Die Polizei hat alles im Griff, Frau Brinkmann. In einer Stunde in der Sparkasse. Bis gleich, Frau Brinkmann.

Als Max den Hörer auflegte, war er nassgeschwitzt, aber euphorisch. Das hatte geklappt. Die Frau hatte nicht nach seinem Namen, nicht nach der Telefonnummer der Polizeiwache gefragt. Er hatte sie ja nicht zu Wort kommen lassen. Astreine Profiarbeit. Was Max nicht wusste, war, dass die Dame zwar alt, aber geistig rege war. Kein Name, keine Telefonnummer, das kam ihr komisch vor. Dann diese ewige Wiederholung ihres Namens, eher eine Macke von Versicherungsagenten oder Autoverkäufern. In Aktenzeichen XY hatte sie erst kürzlich eine Reportage über Trickbetrüger ange-schaut, die es besonders auf ältere Frauen abgesehen hatten, deren Konten sie leer räumten. Mit mir nicht, dachte sie, startete ihren PC und suchte die Nummer der Polizeiwache heraus.

Der Beamte am anderen Ende der Leitung war sofort hellwach. Er bat Frau Brinkmann um Mithilfe. Ein Polizeibeamter in Zivil würde vor Ort sein, wenn die alte Dame den Mut hätte, zur Spar-kasse zu kommen. Man müsst den Mann auf frischer Tat ertappen, nicht nur beim Versuch, Geld zu ergaunern. Sie bräuchten dringend ihre Hilfe.

Max hatte den Coup gut geplant, was er völlig unterschätzt hatte, war die pfiffige alte Dame, eine begeisterte Krimileserin, die darauf brannte, ihr Idol Miss Marple zu imitieren und tatkräftig an der Festnahme eines Gangsters mitzuwirken. Crime-time, Prime-time. Energisch schob Frau Brinkmann ihren Rollator über die Straße und betrat die Sparkasse.

Das war`s dann für Max. Der junge Mann tat der alten Frau fast leid, als ihm die Handfesseln angelegt wurden und man ihn unsanft in ein Polizeiauto schubste. Kopfschüttelnd verließ Frau Brinkmann die Sparkasse, begleitet von dem Zivilbeamten.

»Wie lang wird er eingebuchtet?«, fragte sie. »Er sieht doch so nett aus. Ein so hübscher junger Mann, wie kann der nur ...«

»Keine Ahnung, das liegt am Richter«, sagte der Beamte. »Die sind hier im Norden meistens recht milde gestimmt. »

»Na hoffentlich«, seufzte die alte Dame. »Sonst ist sein ganzes Leben versaut. Ob ich ihn mal im Gefängnis besuchen darf?«

Der Polizist schaute sie fassungslos an. Aber Frau Brinkmann war schon auf dem Zebrastreifen.

»Halt«, sagte der Beamte und eilte hinter ihr her. »Wir brauchen Sie noch für eine Zeugenaussage. Bitte, kommen Sie mit zur Wache.« Frau Brinkmanns Augen funkelten. Dass das Leben noch so spannend war, hätte sie nie gedacht. Da werden ihre Bridge-Freundinnen aber neidisch sein, wenn sie ihnen heute Nachmittag erzählt, was ihr passiert war. Nur der nette, junge Mann, der ging ihr nicht aus dem Sinn. Ob man dem irgendwie helfen könnte? Es gab doch Besuchszeiten im Gefängnis. Sie würde sich gleich erkundigen.

Abgestürzt

Es war die letzte Gelegenheit für den Auslandsschuldienst, dieses Angebot der deutschen Schule in Santiago de Chile. Dem Oberstudienrat für Deutsch und Mathematik Hans-Jürgen Kassens wurde eine Funktionsstelle als stellvertretender Schulleiter am Colégio Aleman angeboten. Seine Frau Helene, Diplom-Übersetzerin für Englisch und Spanisch, erklärte sich auf Anfrage bereit, wöchentlich zwölf Stunden Englisch zu unterrichten. Die Zwillinge – Felix und Sanne – gingen in die neunte Klasse und waren recht selbstständig. Sorgen machte dem Ehepaar Kassens allein Marius, der Älteste. Er hatte im Sommer sein Abitur gemacht, und bei seinen glänzenden Noten war er auch gleich zum Medizinstudium in Hamburg zugelassen worden. Sie hatten gemeinsam eine bezahlbare kleine Wohnung gesucht – für die Studentenheime gab es Wartezeiten - und mit ihm den Umzug nach Hamburg organisiert. Er wollte nicht mit nach Santiago kommen, freute sich auf sein Studium, war eingebunden in einen festen Freundeskreis von musikbegeisterten jungen Leuten. Natürlich fragte sich Helene als besorgte Mutter, ob sie Marius mit seinen 19 Jahren allein lassen konnten, doch ihr Mann lachte und sagte, es sei Zeit für Marius, sich von Mutters Schürze zu lösen.

Marius war ein fröhliches Kind gewesen, intelligent, kommunikativ. Er wurde von den Lehrern geschätzt, war bei seinen Kumpeln beliebt und seine hohe musikalische Begabung hatte ihn lange überlegen lassen, ob er nicht doch Berufsmusiker werden sollte.

Dass Marius auch zu Weihnachten nicht nach Chile kommen wollte, machte Frau Kassens zu schaffen. Noch nie hatte ein Familienmitglied beim Weihnachtsfest gefehlt.

»Da wirst du dich dran gewöhnen müssen, meine Liebe«, sagte ihr Mann. »Unser Sohn hat Auftritte mit seiner Band. Am Heiligabend gehen die Jungs doch sowieso spätabends alle in die Disko. Darüber regst du dich doch seit Jahren auf.«

Frau Kassens freute sich auf Ostern. Dann werde er sicher kommen, hatte Marius versprochen. Doch er stornierte den Flug.

»Eine verschleppte Grippe. Regt euch nicht auf!«, sagte er am Telefon mit heiserer Stimme und hustete.

»Er wird als Mediziner wohl am besten wissen, was ihm guttut«, sagte Herr Kassens. »In ein paar Monaten fahren wir sowieso nach Deutschland und du wirst staunen, wie erwachsen dein Sohn geworden ist.« Helene Kassens schluckte ihre Bedenken hinunter und widmete sich ihren jüngeren Kindern.

Doch die Sommerferien – den chilenischen Winter – wollte Herr Kassens nutzen, um mit einem Jeep kreuz und quer durch die Atacama-Wüste zu fahren. Er buchte ein kleines Apartment in San Pedro de Atacama, der geeignete Ort für Wüstentouren. Sie würden zu den heißen Quellen fahren, die ihr Wasser in regelmäßigen Abständen als Fontänen in die Luft jagten, die Kinder freuten sich auf die Kolonien von rosafarbenen Flamingos in der Lagune und auf die spektakuläre Dünenwanderung im Val de Luna. Das Ehepaar versuchte, den großen Sohn dazu zu bewegen, sich ihnen anzuschließen. Solch ein Abenteuer würde er sich doch nicht entgehen lassen. Flugtickets würden hinterlegt. Er habe keine Zeit, hieß es in seiner WhatsApp. Er pauke fürs Physikum im nächsten Frühjahr. »Der ist froh, uns mal für längere Zeit los zu sein«, sagte Herr Kassens. »Nun gönn ihm doch das freie Studentenleben!«

Nach der Sommerpause war Marius telefonisch kaum noch zu erreichen, und wenn doch, war er mürrisch und einsilbig.

Ende Oktober wurde Helene Kassens schließlich so unruhig, dass sie zu Beginn der Herbstferien einen Flug von Santiago über Frankfurt nach Hamburg buchte. Herr Kassens war in seiner Funktion als stellvertretender Schulleiter unabkömmlich.

Marius stand nicht in der Empfangshalle des Flughafens, um – wie ausgemacht – seine Mutter abzuholen. Hatte er verschlafen? War er mit dem Aufräumen nicht fertig geworden? Sie wählte Marius` iPhone-Nummer. Niemand meldete sich. Der Anrufbeantworter wiederholte immer wieder, zur Zeit sei die gewählte Nummer nicht erreichbar. Helene überlegte nicht lange, fuhr mit dem Taxi sie zu Marius' Studentenbude.

An der Wohnungstür des dreistöckigen Hauses in Hamburg-Altona klingelte sie Sturm. Mit einem Blick sah sie, dass der Briefkasten mit dem Namensschild ihres Sohnes überquoll. Zeitungen und Werbebroschüren waren in die Öffnung gerammt, das Papier durchnässt und zerrissen. Als niemand öffnete, drückte sie auf jeden einzelnen

Klingelknopf im Haus, bis der Türöffner brummte. Im Erdgeschoss stand eine verschlafene Gestalt mit rot-blauem Irokesenschnitt in der Türöffnung und schaute sie fragend an.

»Ich will zu meinem Sohn Marius«, sagte Frau Kassens. »Er macht nicht auf.«

»Tja, denn is er wohl nich da, ne?«

»Kennen Sie Marius?«, fragte sie.

»Ein bisschen«, sagte der junge Mann. »Ich habe ihn aber in letzter Zeit kaum gesehen. Ich weiß auch nicht, wo er ist.«

»Wie komme ich an einen Schlüssel für die Wohnung?«

»Wie? Einfach so rein? Das geht nicht. Das will Ihr Sohn sicher nicht.«

»Hören Sie«, sagte Helene Kassens, Panik in der Stimme, »ich bin heute Morgen aus Chile gekommen, Marius wollte mich abholen. Er ist nicht gekommen. Ich habe Angst, dass was passiert ist.«

»Passiert? Ach so! Überdosis, denken Sie.« Der Jüngling runzelte die Stirn. »Ja, Musik macht der auch. Die Musiker, die brauchen viel Stoff!«

»Können Sie mir nun helfen oder nicht? Gibt es einen Hausmeister?«

»Gemach, gemach!« Der Irokese ging zurück in die Wohnung und kam mit einem Dietrich wieder. »Ich bin professioneller Einbrecher.« Er grinste.

Frau Kassens hatte keinen Nerv für Späße. Schweigend folgte sie dem jungen Mann zum oberen Stockwerk. Ein verschmutztes

Namensschild an Marius' Tür, kaum lesbar. Sie klopfte, keine Reaktion, geschickt öffnete der Mitbewohner das Schloss mit dem Dietrich.

Ein modrig-fauliger Geruch schlug ihnen entgegen. Das Zimmer lag im Dunkeln. Frau Kassens kämpfte sich zum Fenster vor. Mit einem Ruck schnellten die Rollos hoch, gaben den Blick frei auf ein völlig vermülltes Zimmer. Zwischen Socken, Pullover und Unterhosen standen braun gefärbte Kaffeetassen und Teller mit angeschimmelten Brotresten. Zeitungen, medizinische Büchern, darauf abgelegt überquellende Aschenbecher. In der Spüle stapelte sich der Abwasch, ein Topf mit undefinierbarem Inhalt müffelte auf der einzigen Kochplatte vor sich hin. Frau Kassens suchender Blick fand im Bett eine unter Decken begrabene Gestalt.

»Marius«, schrie sie.«Marius!« Sie rüttelte ihn, zog die Decken weg. Mühsam öffnete der Sohn die Lider, blinzelte mit geröteten Augenrändern ins Licht, murmelte: »Was ist los?«

»Marius«, sagte Frau Kassens und setzte sich auf den Bettrand. »Marius, ich bin`s. Ich bin heute Morgen aus Santiago gekommen. Du hattest versprochen, am Flughafen zu sein. Bist du krank?«

Marius drehte sich zur Wand, verschwand wieder unter den Decken.

Helene Kassens beugte sich hinunter, drehte mit kräftigem Griff den Sohn zu sich herum, entsetzt, wie dünn der war. Wie grau und müde sein Gesicht.

»Marius, ich rede mit dir.«

»Lass mich«, sagte Marius. »Lass mich. Es hat doch alles keinen Zweck.«

Frau Kassens fasste Marius` Handgelenk, prüfte den Puls. Er war langsam, aber deutlich fühlbar.

»Hast du Drogen genommen?«

Marius schüttelte den Kopf. »Nein!«

Frau Kassens ging zum Regal. Fingerte durch Medikamentenschachteln. Sie nahm eine halbleere Packung Valium herunter, hielt sie Marius vors Gesicht.

»Wofür brauchst du Valium?«

»Wofür brauchst du Valium?«, äffte Marius sie nach. Die Worte kamen leise und schleppend. »Wofür brauchst du Valium? Um das Scheiß-Leben auszuhalten.«

»Welches Scheiß-Leben?« Helene Kassens war fassungslos. »Marius, was ist passiert?«

»Nichts ist passiert. Nichts. Ich will nur nicht mehr. Ich hab`s satt!«

»Was hast du satt?« Marius antwortete nicht.

»Warst du beim Arzt?«

Marius schüttelte den Kopf. »Die können einem doch auch nicht helfen.«

»Wie kannst du sowas sagen? Marius! Du als zukünftiger Mediziner.«

»Eben«, sagte Marius und richtete sich auf. »Eben deswegen. Geh weg, du kannst mir nicht helfen.«

»Und ob ich das kann«, sagte Frau Kassens und wischte mit dem Handrücken über ihre Stirn.

»Ich koche jetzt einen Kaffee. Du ziehst dich an und wir fahren nach Hause!"

«Kein Kaffee da!« Stumm und schlaff ließ Marius sich beim Anziehen helfen. Gestützt auf seine Mutter und den Irokesen-Jüngling, der hilflos an der Tür gelehnt hatte, stakste er wie ein Zombie die Treppe hinunter. Im Taxi fuhr Helene ihn sofort zum Hausarzt der Familie. Der Doktor fackelte nicht lange. Schwere Depression, Suizidgefahr, lautete seine Diagnose. Einweisung in die psychiatrische Abteilung der Hamburger Landesklinik.

Die Kassens brachen den Auslandsschuldienst ab. Sie brauchten ihre ganze Kraft, um sich auf die neue Situation einzustellen. Depressionen. Ausgerechnet Marius, der Sonnyboy, der Überflieger.

»Warum«, fragten sich die Eltern immer wieder. »Warum?«

Diese Frage konnte ihnen niemand beantworten.

Blauschmuck

Der Wind peitscht über die Autobahn. Die dunklen Äste der Bäume schwanken bedrohlich. Unaufhörlich prasselt der Regen aufs Autodach, die Scheibenwischer schmieren auf hoher Stufe über die Frontscheibe. Hella hält das Lenkrad umklammert, sitzt mit der Nase an der Scheibe, um besser sehen zu können. Der Gegenverkehr blendet. Sie hätte auf der rechten Spur bleiben sollen, aber hinter den Lastern herschleichen? Die weißen Begrenzungslinien sind gelben Behelfsmarkierungen gewichen, schimmern undeutlich in der Nässe. Das penetrante Flackern der Baustellen-Absperrungen erschwert die Orientierung auf der Fahrbahn. Ein BMW an ihrer hinteren Stoßstange blendet auf. Ich lasse mich nicht jagen, denkt Hella, beschleunigt aber trotzdem, flucht halblaut vor sich hin, die Hände schweißnass. An der Brille kann es nicht liegen, sie ist gerade beim Augenarzt gewesen. Nur mit der Ruhe, sie versucht, gleichmäßig zu atmen, den Puls unter Kontrolle zu halten. Bloß keine Panik. Bloß keinen Unfall. Sie schaut auf den Navi, muss alles im Blick behalten: die Straßenführung, die Schilder, den laufenden Verkehr, den TomTom, und das bei Regen und Dunkelheit. Früher war doch nachts wenig Verkehr, heutzutage scheint es umgekehrt zu sein. Sie ist mit Absicht spät losgefahren, um nicht stundenlang auf der A1 im Stau zu stehen, aber die Autobahn ist voll, voll, voll. Ein Laster hinter dem anderen. Jede Brücke eine Baustelle. Und Brücken gibt es viele auf der Sauerland-Linie. Unendlich viele. Und die brechen überall zusammen. Jahrzehntelang hat man sich nicht um die Infrastruktur der Straßen gekümmert, nun die Quittung. Früher, ja früher ist Andreas immer gefahren, wenn es schwierig wurde. Er war die Ruhe selbst. Aber soll sie zu Hause bleiben, jetzt, wo er tot ist? Den Zug nehmen? Das hat sie neulich ausprobiert und ist gnadenlos gescheitert. Auf der Strecke geblieben im wahrsten Sinne des Wortes. Hatte in Dortmund übernachten müssen, weil gar nichts mehr ging. Mehrere Strecken gesperrt. Wetterbedingt. Hätte sie heute vielleicht doch besser ... ? Reiß dich zusammen, nur noch einhundertzwanzig Kilometer. Das kriegst du hin.

Jetzt braucht sie auch noch ein stilles Örtchen. Dringend. Schafft sie es zur nächsten Raststätte? In drei Kilometern gibt es einen Parkplatz, wahrscheinlich mit einem dieser stinkenden Toilettenhäuser. Besser als nichts. Dort kann sie eine kurze Pause machen, ein bisschen heißen Tee aus der Thermoskanne trinken. Sie hat sich während der Fahrt nicht getraut, eine Hand vom Steuer zu nehmen, ein paar Kekse einzuwerfen, den Blutzuckerspiegel hochzukitzeln. Noch eine Steigung, sie kriecht hinter einem Laster her, will nicht überholen, setzt den Blinker, biegt ab in das gähnende Loch des Parkplatzes, mitten im Wald. Sie fährt an einer Reihe unbeleuchteter Lastwagen vorbei, deren Fahrer wohl die vorgeschriebene Pause einlegen müssen und nun zu schlafen versuchen. Kein Job für mich, denkt Hella. Die armen Kerle, immer auf der Straße, immer unter Zeitdruck. Dieses stundenlange Geradeausgeglotze, da ist doch klar, dass sie mit dem iPhone spielen, sich die Nägel schneiden, Pornos gucken. Die Unfälle werden ja auch immer gruseliger, die Zeitungen sind voll davon: Laster auf Autoschlange aufgefahren, drei zerquetschte Autos, Tote und Verletzte.

Der Parkbereich für PKWs ist leer. Klar, die Leute halten lieber an einer erleuchteten Tankstelle. Ein bisschen unheimlich ist ihr schon in dieser Finsternis. Die hat allerdings auch einen Vorteil: Schnell zieht sie die Hosen hinunter, pinkelt ans Hinterrad. Welche Erleichterung! Dann setzt sie sich gemütlich auf den Beifahrersitz, schraubt die Thermoskanne auf, gießt heißen Tee in die Kappe, schlürft genüsslich. Nein, essen muss sie nichts. Hochgeputschtes Adrenalin verhindert jeden Zuckerabfall. Ihr Magen ist wie zugeschnürt. Außerdem wartet die Freundin mit dem Abendessen. Sie schaut auf die Uhr: 21.30 Uhr. Noch 45 Minuten bis zum Zielort, zeigt der Navi. Sie tippt eine WhatsApp: Ich bin in einer Stunde da. Mit dem Handrücken reibt sie über die Lippen, steigt aus, reckt und dehnt sich. Den Rest der Strecke wird sie auch schaffen. Sie drückt auf den Startknopf des Mazda, der Motor springt an. Kupplung kommen lassen, Gas geben, der Wagen beginnt zu rollen.

Halt! Die Scheinwerfer erfassen eine dunkle Gestalt am Rand. Hektisches Gewinke. Ein Mann? Eine Frau? Nein, sie würde nicht stoppen. Sicherlich nur ein Trick. Hat sie neulich im Fernsehen gesehen. Ein Hold-up, ein Überfall. Man solle nicht anhalten, warnt die Polizei immer wieder. Noch nicht einmal, wenn ein Mensch auf der Straße liegt. Wahrscheinlich simuliert der nur. Ein gefakter Unfall. Sie würde nicht so blöd sein.

Hellas Fuß zuckt aber doch zur Bremse, der Wagen wird langsamer, bleibt stehen. Mit einem Fuß auf dem Kupplungspedal spielend lässt sie auf der Beifahrerseite die Scheibe ein kleines Stück hinunter. Die dunkle Gestalt kommt näher. Ein junges Gesicht, weiblich, blass, ein schwarzes Tuch über Kopf und Schultern, die Hände bittend zusammengelegt.

»Hilfe! Help! Please, help me!«, sagt die Frau.

»What`s the matter?«, fragt Hella.«Was ist los?« Wo kam die denn her? Aus einem der Laster gesprungen?

Die Frau redet unverständliches Zeug. Wirft immer wieder einen Blick über die Schulter.

»Bitte, please, schnell, schnell. Mann kommt!«

»Werden Sie verfolgt?«

Die Frau versteht nicht.

»Where are you from?«, fragt Hella »Wo kommen Sie her?«.

Die Frau wimmert.

Hella beugt sich hinüber und öffnet die Beifahrertür. Die Frau springt hinein. Kauert sich zitternd in den Sitz. Hella gibt Gas, reiht sich ein in die Schlange der vorbeijagenden Autos.

Auf dem Rücksitz liegt »Blauschmuck« von Katharina Winkler. Die Geschichte einer misshandelten Frau. Hat sie gestern Abwnd noch zu Ende gelesen.

Beim Bestatter

Herminchen ist 94, wohnt im Altenheim, ist etwas wacklig auf den Beinen, aber noch recht fit im Kopf. Meistens jedenfalls. Ihr ist sonnenklar, dass sie in absehbarer Zeit wohl mal von dieser Erde abtreten muss, auch wenn sie dazu noch keine rechte Lust verspürt. Das Essen schmeckt gut, die Schwestern im Heim sind nett, und zwei, drei Freundinnen zum Klönen hat sie auch.

Trotzdem, jedes Leben ist endlich, und da sie sich vor Jahren mit ihrer Tochter verzankt hat, den Grund weiß sie nicht mehr richtig, will sie nicht, dass sich Elisabeth um ihre Beerdigung kümmert und möglichst noch dafür zahlen muss. Dafür ist sie zu stolz.

Sie fragt das nette Fräulein Swantje, die ihr soziales Jahr im Heim ableistet, ob sie sie zum Beerdigungsinstitut fahren kann. Ausgetüftelt, wer die billigsten Angebote macht, hat sie selbst. So reichlich ist ihre Rente nun auch nicht.

Kein Sarg, Gott bewahre. Eine Krokodilstränen weinende Tochter will sie nicht am Grab stehen haben. Und wer sollte sie auf dem Friedhof besuchen komen? Höchstens die Würmer, kommt ihr in den Sinn. Sie gluckst vor sich hin.

Herminchen hat sich schick gemacht: lila Hut, rosa Ballerinas, ein auf Nerz gemachter Webpelz, Goldkettchen, ein Ring an jedem Finger. Sie schwebt an Swantjes Arm auf deren winzigen Panda zu, quetscht sich hinein. Zugegeben, das Ein- und Aussteigen fällt ihr etwas schwer, und es zieht auch ein bisschen, weil der

Kofferraum klein ist und die Heckklappe über dem Rollator nicht schließt. Aber sie kommen pünktlich zum vereinbarten Termin und Herminchen schiebt energisch ihr Gefährt auf die Tür des Bestattungsinstituts zu, die von einem jungen, dunkel gekleideten Mann geöffnet wird.

»Nun gucken Sie mal nicht so traurig, ich bin ja noch nicht tot«, sagt sie und tätschelt seine hingehaltene Hand.

Der Mann schaut verblüfft, neigt höflich den Kopf und bittet seine Besucherinnen, Platz zu nehmen.

»Womit kann ich den Damen behilflich sein?«, fragt er mit salbungsvoller Miene und gesenktem Blick.

»Eine schöne Krawatte haben Sie, junger Mann«, sagt das Herminchen und streckt die Hand aus, um sie anzufassen. Der Bestatter zuckt vor der beringten Hand zurück und lächelt verlegen. Herminchen lässt sich nicht beirren.

»Und wer zieht sie morgens so schön an?«

Die Gesichtshaut des Mannes verfärbt sich rötlich.

»Meine, eh, meine Lebensgefährtin«, stottert er verwirrt.

»Muss Ihnen doch nicht peinlich sein«, beruhigt ihn Herminchen.

»Ich habe im Alter auch nicht noch mal geheiratet. Eine Ehe hat mir gereicht. Man ist dann so festgelegt.«

Sie kichert und er wird noch röter.

»Aber dieses Schwarz steht Ihnen wirklich nicht, das macht Sie zu alt. Haben Sie mehr Mut zu Farbe. Nehmen Sie sich mal ein Beispiel an der jungen Frau hier. Die hat sogar ihre Haare grün gefärbt. Würde ich auch machen, wenn ich jünger wäre.« Sie kichert.

»Aber, gnädige Frau, in meinem, eh, meinem Beruf, da muss man doch vermitteln, dass man ... «

»Papperlapapp«, sagt das Herminchen. »Traurig sind die Leute sowieso. Aber wenn sie auch noch so trübsinnig blicken, da werden die ja ganz depressiv.«

»Ja, eh, ja, können wir ... ?«, fragt der Bestatter.

»Ja, natürlich«, sagt das Herminchen. »So viel Zeit haben Sie ja auch nicht, nicht wahr? Zeit ist Geld! Noch nicht mal der Tod ist umsonst.«

Swantje lehnt sich zurück.

»Also, liebe Frau...«, sagt der Bestatter.

»Schmidt«, sagt Herminchen.

»Was? Wie? Ach so, richtig, liebe Frau Schmidt ...«

Er weiß nicht so richtig weiter. »Ihre Betreuerin sagte am Telefon ...« Er sieht Swantje hilfesuchend an.

»Quatsch, Betreuerin. Sie ist meine ZIVI!«

»Ihre was?"

»Meine ZIVI. Noch nie was von Zivildienst gehört?«

»Aber der ist doch abgeschafft«, stottert der Mann.

»Kommen wir zum Wesentlichen«, sagt Herminchen energisch und schaut sich im Raum um. »Bisschen dunkel hier«, sagt sie. »Und Staub müsste auch mal wieder gewischt werden.« Sie fährt mit dem Zeigefinger über die Stuhllehne und hebt ihn prüfend vor die Augen.

»Die maritime Ecke da hinten macht sich ja ganz gut. Wohl Seebestattungen, nicht wahr? Aber dahinten die Engelchen – die gefallen mir noch besser.«

»Gnädige Frau ...«, sagt der Bestatter, doch Herminchen unterbricht ihn.

»Bei Ihnen sind die Kosten am niedrigsten. Ist doch Unsinn, alles den Bestattern in den Hals zu werfen, wenn man tot ist, oder? Da merkt man doch sowieso nichts mehr. Ich meine, wo man liegt und so.«

Sie blickt den Mann vor ihr triumphierend an: »Verbrennen, Asche, Urne, weg damit!«

»Ja, wenn Sie meinen. Ein Urnengrab vielleicht? Darf ich Ihnen den Katalog ...?«

»Unsinn, Katalog. Anonym. Friedwald oder so. Das wär was. Was für Bäume stehen im Friedwald? Tannen?«

»Eh, weiß nicht, eher Buchen und so ...«

»Gefällt mir auch besser, ist nicht so dunkel unter einer Buche. Also, wie teuer? Ich zahle gleich. Dann haben wir das hinter uns.«

Der Bestatter schluckt: «1550 Euros. Mit Urnenträger. Das macht der Förster.«

Herminchen klatscht in die Hände. »Der Förster? So ganz in Grün? Mit Gewehr? Aber die Eichhörnchen darf er nicht schießen, die sollen an meinem Baum hochklettern.«

»Soll der Förster ein paar Worte sagen, ehe die Urne bestattet wird?«

»Lieber nicht«, kichert Herminchen. «Hör ich ja eh nicht mehr. Aus die Maus. Aber ein Vogelhäuschen am Stamm hätte ich gerne.«

»800 Euro kostet ein Einzelgrab unter einem Gemeinschaftsbaum«, sagt der Bestatter und schaut zu Swantje. »Soll eine Tafel angebracht werden?«

Swantje zuckt die Schultern.

»Wozu soll das gut sein?«, sagt Herminchen. »Komm, Swantje, wir gehen zur Sparkasse. Der Herr will das Geld sicher in bar!«

Sie dreht sich zum Bestatter um und blickt ihn streng an.

»Aber nicht an der Steuer vorbei, mein Lieber. Das ist ungesetzlich!«

Mit diesen Worten schiebt Herminchen ihren Rollator durch die Tür, die von einer feixenden Swantje offen gehalten wird.

Der junge Mann sagt plötzlich: »Ein Moment, bitte!«, eilt in den hinteren Teil des Raums und kommt zurück mit einem weißen Engelchen.

»Für Sie, liebe Frau Schmidt. Sie sind so eine feine Dame.«

Hermichen strahlt. »Na, na, nicht flirten!« Sie droht ihm neckisch mit dem Finger. „Schließlich könnten Sie mein Sohn sein.« Sie nimmt ihm das Engelchen aus der Hand. »Sie Charmeur, Sie!« Herminchen legt den Kopf schief und deutet einen Knicks an.

Der junge Mann murmelt leise: »Enkel, eher Enkel!‹

Ein paar Tage später kommt Swantje ins Heim, um mit Herminchen den letzten Papierkram zu erledigen. Es fehlt noch eine Unterschrift unter die Vollmacht für die Bank.

»Wer sind Sie denn?«, fragt Herminchen. »Sie habe ich ja noch nie gesehen. Ich warte auf meine Betreuerin.«

Swantje ist verwirrt. »Aber Herminchen«, sagt sie und streichelt der alten Dame über den Arm. »Ich bin`s doch, Swantje.«

»Papperlapapp«, sagt Herminchen. »Swantje kenne ich. Sie habe ich noch nie gesehen.«

Am Fähranleger

Was? Ich presse das Smartphone ans Ohr. Ich solle sofort zur Fähre kommen. Ein Mann halte Marina einen Revolver an den Kopf.

»Sagen, gestohlen sie hat«, sagt Viktor in gebrochenem Deutsch.

»Lüge! Marina nicht stehlen.«

Ich nehme die Autoschlüssel vom Haken, rase zum Fähranleger.

Du wichtigtuerischer Idiot, beschimpfe ich mich unterwegs. Was machst du da?

Hoffentlich hat jemand die Polizei benachrichtigt. Ich habe mich doch nur bereit erklärt, dieses bosnische Ehepaar bei Behördengängen zu betreuen, mehr nicht. Ich kann aus linken Studentenzeiten ganz gut serbisch-kroatisch, als ein Praktikum im alten Jugoslawien zum guten Ton gehörte.

Mit quietschenden Reifen rase ich los, stoppe jedoch ab, als ich auf dem Parkplatz vor Netto einen Streifenwagen sehe, dessen Besatzung sich einen Kaffee gönnt. Ich klopfe an die Scheibe, schildere kurz die Situation.

„Wir kommen", sagt die junge Frau am Steuer, greift auf den Rücksitz, zerrt Westen nach vorn „Die legen wir noch an. Wir folgen ihnen sofort."

Kugelsichere Westen, denke ich. Deren Job möchte ich auch nicht haben. Wenn sie Pech haben, geraten sie schon bei einer routinemäßigen Verkehrskontrolle in Lebensgefahr. Ich stelle den Wagen vor der Einfahrt zur Fähre ab. Der Himmel ist grau verhangen, es weht ein kräftiger Wind aus Nordwest. Auf der Promenade vor der Walflosse ein Menschenauflauf. Ich kämpfe mich durch den Ring der jungen, fremdländisch aussehenden Männer. Einige mit dieser Kim-Yong-Un-Frisur, die auch ein hübsches Milchbubi-Gesicht martialisch aussehen lässt. Tatsächlich, da steht Marina mit angstvoll aufgerissenen Augen unter ihrem geblümten Kopftuch und jammert: »Nicht ich, nicht Schmuck!«, während ihr ein junger Kerl eine Pistole vor die Stirn hält und schreit: »Gib sie raus! Gib die Kette raus!«

Als alter Lehrer kenne ich die Regeln des Konfliktmanagements. Nicht einmischen, heißt es. Viel zu gefährlich. Sofort die Polizei rufen! Die Umstehenden aktivieren! Aber wie? Die Erinnerung an die Prügelei auf dem Bahnhofsvorplatz nach der gewonnenen Fußballweltmeisterschaft und die kopflose Flucht der Streifenwagenmannschaft ist in der Stadt immer noch sehr präsent. Mein Herz klopft wie wild, mein Adrenalinspiegel tobt. Die Weserfähre legt ab, quietschend wird die Rampe hochgezogen.

»Was ist hier los?«, frage ich und wende mich an den Jungen mit der Pistole.

»Die Frau hat in unserem Juweliergeschäft gestohlen«, sagt der Junge in flüssigem Deutsch, schaut mich an und senkt die Pistole. «Sie soll nur den Schmuck herausgeben, mehr nicht.«

»Woher weißt du, dass sie es war?«

»Ich habe sie gesehen, morgens, als sie kam und geklaut hat und heute Nachmittag, als sie wieder vor dem Fenster stand. Mit ihrem Mann. Ich bin ihnen gefolgt. Habe Freunde gerufen.«

»Lüge. Marina nicht Laden!«, schreit Viktor. »Immer zu Hause.«

Ich lege meine Hand auf seinen Arm und wende mich wieder an den Jungen.

»Arbeitest du in dem Laden?«, frage ich.

»Ja, in den Schulferien. Ich sollte eine Stunde aufpassen, mein Onkel musste kurz weg. Ihm gehört der Laden. Jetzt ist er sauer auf mich.«

Und nun will das Kerlchen das Recht in eigene Hände nehmen und seinem Onkel zeigen, dass er doch was taugt. Fast habe ich Mitleid mit ihm.

»Mach dich nicht unglücklich«, sage ich und schaue in die feindseligen Gesichter um mich herum. »In Deutschland findet die Polizei heraus, was passiert ist.« Einer lacht.

Ich höre Polizeisirenen. Gottseidank, der Streifenwagen scheint mir wirklich gefolgt zu sein. Hat ja lange gedauert! Haben sie erst Verstärkung angefordert? Ein Passant den Notruf gewählt? Vielleicht sogar der Kapitän auf der Fähre. Mehrere Streifenwagen mit rotierendem Blaulicht fahren auf die Promenade, kreisen die Gruppe ein. Die Polizisten springen aus den Autos. Mit entsichertem Maschinengewehr gibt ein Beamter den Kollegen Feuerschutz. Diesmal werden sie sich nicht in die Flucht schlagen lassen. Ich schaue auf den Jungen. Die Pistole ist verschwunden

»Welche Pistole?«, fragt er und versucht zu grinsen. »Bloß Spielzeug. Wollte ihr Angst machen.«

»Nun kommen Sie mal mit zur Wache. Sie und Sie und Sie!«, sagt ein älterer Polizeibeamter.

Man macht uns eine Gasse frei. Wie sich herausstellte, lag eine Verwechslung vor. Das ist die gute Nachricht. Die schlechte ist, dass Marina eben nicht Serbin ist, sondern eine Roma aus Albanien. Sie ist nicht zum ersten Mal auf der Wache, weil sie zu Unrecht beschuldigt wurde, gestohlen zu haben. Aber das ist eine andere Geschichte.

Zugfahrt Erster Klasse

Spätestens seit Lars von Triers Film *Melancholia* wissen eifrige Kinogänger, dass schwer depressive Menschen erst im Angesicht des Weltuntergang zu großer Form auflaufen, tanzen und singen und lachen. Bei Gesa lag der Fall nicht ganz so dramatisch wie bei der Justine im Film, trotzdem fühlte sich ihr Therapeut zunehmend hilflos angesichts ihr hartnäckigen depressiven Verstimmungen und ihrer negativen Weltsicht.

»Für Sie ist das Glas immer halb leer«, sagte er und hatte die Idee, Gesa mit der Deutschen Bahn kreuz und quer durch Deutschland zu schicken. Eine zugegebenermaßen unorthodoxe Maßnahme, deren Kosten die Krankenkasse nicht übernehmen wollte. Er konnte nur hoffen, dass auf der Reise nicht alles glatt lief, aber das war bei der Deutschen Bahn ja auch höchst unwahrscheinlich.

Die erste Enttäuschung: Der IC von Bremen nach Dortmund hielt pünktlich Einfahrt auf Gleis 8. Der Erste-Klasse-Waggon war genau dort angehängt, wie die Schautafel es anzeigte, und ihr reservierter Fensterplatz war nicht besetzt. Missmutig kauerte sich Gesa in ihren Sitz und zog Watzlawicks »Anleitung zum Unglücklichsein« aus der Tasche. Hinter ihr zog ein dicklicher junger Mann andauernd die Nase hoch. Sie reichte ein Taschentuch nach hinten, das erstaunlicherweise angenommen wurde.

Gesa nickte ein und schlief, bis sie kurz nach Osnabrück vom Lautsprecher mit der dröhnenden Frage geweckt wurde, ob jemand von der Landes - oder besser noch – von der Bundespolizei an Bord sei. Mit einem Ruck richtete Gesa sich auf, war hellwach.

»Wahrscheinlich nur so ein Typ ohne Fahrschein, der Rabatz macht«, sagte sie gutgelaunt zu der älteren Frau auf der anderen Seite des Gangs, die mit angstvoll aufgerissenen Augen fragte, ob Terroristen an Bord seien. Gesa schlug vor, den Schaffner zu fragen.

Natürlich kam kein Schaffner, dafür dauerte die Einfahrt nach Münster länger als geplant. Angeblich gab es eine Warteschleife für Züge wie beim Landeanflug am Flughafen. Man saß ja auch wie im Flugzeug. Gern hätte Gesa die Scheibe hinuntergeschoben, um zu schauen, was sich so draußen tat. Ging ja nicht mehr. Wurde jemand in Handschellen abgeführt? Waren viele Polizisten zu sehen? Gesa drückte sich die Nase an der Scheibe platt. Nichts. Ihre Laune sank wieder. Die Fahrgäste mögen Geduld haben, man werde versuchen, die Zeit wieder aufzuholen, hieß es in der Lautsprecherdurchsage.

Der IC holte die Verzögerung selbstverständlich nicht auf. Gesa blickte auf die Uhr. Der Regionalzug nach Köln würde weg sein. Sie versuchte, auf der DB-App herauszubekommen, wann der nächste Zug nach Köln fuhr, bekam aber keine Verbindung. Haben ICs kein Wlan? Oder funktionierte nur ihr iPhone wieder mal nicht?

In Dortmund schulterte sie ihren Rucksack, schleppte ihre Reisetasche die Treppe hinunter und stellte unten in der Halle fest, dass Gleis 16 neben Gleis 11 lag, also an demselben Bahnsteig, an dem sie angekommen war, nur auf der anderen Seite. Die Logik dieser Anordnung erschloss sich ihr nicht, aber sie schleppte ohne Murren die Tasche wieder hinauf.

Oben eine völlig verzerrte Lautsprecherdurchsage. Irgendwas mit Aachen und Regionalzug, dann was mit Hamm. Wo um Himmels willen lag Hamm? Fuhr ihr Zug über Hamm? Nicht über Köln? Musste man heutzutage bei Zugreisen einen Reiseatlas mit sich herumtragen? Sie hörte Worte wie *Gleise* und *gesperrt* und *Verspätung*. Auf der Tafel über ihr wurde gerade in Laufschrift angekündigt, dass ihr Zug – tatsächlich ihr Regionalzug nach Köln – noch gar nicht abgefahren war, sondern im Gegenteil Verspätung hatte. Dreißig Minuten Wartezeit. Von der ursprünglichen Abfahrtszeit oder ab jetzt? Sie wollte sich auf eine der kalten, metallenen Bänke setzen, aber der Schnösel vor ihr war schneller. Kein Benehmen, die jungen Leute heute. Früher ... !

Die Menschen standen dicht an dicht auf dem schmalen Bahnsteig. Deswegen hieß es wohl »Menschenauflauf«. Die jüngeren Leute spielten angestrengt auf ihren Smartphones herum, versuchten, die unverständlichen Nachrichten aus den Lautsprechern einzuordnen. Gesa probierte das auch, scheiterte an der Technik, wandte sich hilfesuchend an einen seriös aussehenden Herrn im Business-Outfit, der mit hochrotem Kopf und gelockerter Krawatte auf dem Display herumtippte.

«Der Mehdorn gehört in Ketten gelegt. Am Halsband müsste man ihn über die Schienen ziehen«, schimpfte der Mann und wischte sich mit dem Handrücken über die schweißnasse Stirn. Er hämmerte auf sein Smartphone ein und hielt es dann dicht vor Gesas Gesicht. »Sehen Sie selbst. Kein Zug kommt durch. Die Gleise sind gesperrt. Menschen auf den Gleisen oder ein verdammter Selbstmörder oder sonst was … !«

Was ist das denn für einer, dachte Gesa und ging ein paar Schritte zurück. Der war ja völlig depressiv, der Arme! Das bisschen Warten, das machte doch nichts. Zu Hause war es doch auch nicht schöner. Deutsche Züge sind doch nie pünktlich, das weiß man doch. Sie lächelte zufrieden, zog die Tageszeitung aus dem Rucksack und vertiefte sich in die Horrormeldungen: Krieg, Überfälle, Messerattacken, Pleiten …

Der Regio kam, ehe sie die Zeitung zu Ende gelesen hatte. Gottseidank, sie fühlte ein dringendes Bedürfnis. Sie stieg ein, warf einen Blick in die Zugtoilette, prallte zurück, nahm dann einfach die Hände hoch und pinkelte halb im Stehen.

Wie langweilig, dachte Gesa, als sie auf der Anzeigetafel im Kölner Hauptbahnhof sah, dass ihr genügend Zeit blieb, um den IC nach Mannheim ohne Hektik zu erreichen. Ihre Stimmung hob sich schlagartig, als sie sah, dass die Türen des gläsernen Fahrstuhls offen standen und zwei junge Männer in blauen Monteuranzügen an ihnen herumwerkelten. Ein wütender Radfahrer in voller Verkleidung plusterte sich auf. Wie er nun das Rad auf den anderen Bahnsteig befördern solle.

»Tragen Sie es doch einfach«, sagte Gesa munter. »So sportlich wie Sie aussehen.«

»Geht doch«, sagte Gesa und suchte im Waggon Erster Klasse nach einem freien Platz. Sie schaute auf die Bahnhofsuhr, als sich der Zug in Bewegung setzte. Pünktlich wie die Deutsche Bahn, sagte sie und musste lachen. Dass an der nächsten Station die Tür im hinteren Teil des Wagens nicht aufging, fand Gesa nur noch lustig. Hysterische Stimmen, Fäuste, die gegen die Türverkleidung schlugen, die jammernde Stimme einer älteren Dame. Ein dunkelhäutiges Paar mit drei kleinen Kindern hatte die Durchsage nicht verstanden und versuchte voller Panik, den offenen Ausstieg zu erreichen, wurde jedoch von einsteigenden Passagieren zurückgedrängt. Gesa schnappte sich das hintere Ende des Zwillingswagens und hievte ihn gemeinsam mit dem jungen Vater hoch. Die Kinder quietschten vor Vergnügen. Ich werde noch Mutter Theresa der Deutschen Bundesbahn, dachte Gesa.

Zwischen Koblenz und Mainz blieb der Zug endgültig stehen.

»Wir bitten alle Passagiere, den Zug zu verlassen. Die Lokomotive ist defekt. Ich wiederhole: Alle Passagiere müssen hier aussteigen. Die Lok ist funktionsunfähig.«

Gesa brach in Gelächter aus. Sie konnte nichts dafür. Die Lachsalven explodierten in ihrem Inneren, kamen wie Blasen aus ihrem Mund. Die Leute blickten sie verunsichert an. Die denken sicher, ich bin verrückt geworden, dachte Gesa. Sehen die eigentlich nicht, wie komisch das alles ist?

Eine überforderte junge Bahnangestellte stand auf dem Bahnsteig, umringt von fuchtelnden Menschen. Sie war offensichtlich den Tränen nahe.

»Ich kann nichts dafür!«, sagte sie. »Ich weiß auch nicht, wie es weitergeht.«

»Sie müssen das wissen,» schrie eine Frau. »Das ist Ihr Job. Ich werde mich beschweren.«

»Ich weiß nichts«, wiederholte die junge Frau. »Es liegen noch keine Informationen vor. Ich habe Dienst ab Koblenz und muss meinen IC auch erreichen. Ich bin in derselben Lage wie Sie.«

Sie presste ihr Smartphone ans Ohr, rief mit flehender Stimme: «Hier muss dringend jemand raufkommen! Was soll ich machen? Die Leute drehen durch!«

Ein Mann hielt ihr Zettel und Stift hin. »Sie bestätigen mir sofort, dass der Zug liegengeblieben ist. Ich will mein Geld zurück.«

»Ja, Geld zurück, Geld zurück!«, rief die Menge. »Eine Sauerei ist das! Wir werden uns zu wehren wissen. Die Bahn verklagen.«

»Kommen Sie«, sagte ein Mann. Gesa drehte sich um. Es war ihr Therapeut.

»Ich bin auf der Suche nach meinem Ich«, sagte er. »Ich habe mir auch eine Zugfahrt verordnet.«

Am späten Abend kamen sie in Mannheim an, nahmen die Straßenbahn nach Heidelberg, weil die S-Bahn ausgefallen war, schlenderten durch die Altstadt, besichtigten die Heiliggeistkirche und beschlossen, Weihnachten zu den festlichen Klängen der Orgel zum Altar zu schreiten.

»Eigentlich verdanken wir Herrn Mehdorn unser Glück«, sagte Gesa und küsste ihren Verlobten auf die Wange. »Wir werden ihm eine Einladungskarte schicken.«

Leider hat Herr Mehdorn nie geantwortet.

Vierer mit Steuermann

Trotz der Hitze war die Klimaanlage nicht ausgefallen. Im ICE von Hamburg nach München war es angenehm kühl. Helmut hatte ein Ticket erster Klasse gebucht, setzte sich auf seinen Platz am Fenster, klappte das Tischchen hinunter, legte den Laptop ab und verband ihn mit der eingebauten Stromdose unter dem Sitz. Gemütlich lehnte er sich zurück, ließ die Hamburger Vororte an sich vorbeiziehen und schaute in den wolkenlosen Himmel. Schade, der perfekte Tag zum Segeln, dachte er wehmütig. Seine Hallberg Rassy schaukelte schon seit Wochen ungenutzt im Kieler Yachthafen vor sich hin. Immer wieder waren ihm, dem Wirtschaftsprüfer einer alteingesessenen Hamburger Consultingfirma, Geschäftstermine dazwischengekommen. Für dieses Wochenende war die verblüffende Einladung aus Starnberg gekommen. Ein Anwaltsbüro in München hatte ihn mit nüchternen Worten von Ulrich Wagners Tod in Kenntnis gesetzt und ihm den letzten Willen des Verstorbenen übermittelt: Die alten Kameraden des siegreichen Vierers mit Steuermann mögen sich vor der Beisetzung der Urne in Ulrich Wagners Haus in Starnberg treffen. Man bitte darum, den Willen des Toten zu respektieren.

Helmut hatte ein paar Tage gezögert, aber dann hatte die Neugierde gesiegt. Sie hatten sich seit über 30 Jahren nicht mehr gesehen. Kurz nach der Olympiaqualifikation war die Mannschaft auseinandergebrochen, einfach so. Nein, korrigierte sich Helmut. Nicht einfach so. Der Grund war Irmi gewesen, die strahlende, attraktive, Irmi mit dem wippenden blonden Pferdeschwanz und den großen blauen Augen.

Helmut seufzte und startete den Rechner, rief seine Mails auf. Wäre alles anders gekommen, wenn er Irmi geheiratet hätte? Aber irgendwie hätte Irmi nicht gepasst. Nicht zu seinem gebildeten hanseatischen Elternhaus, nicht als Frau eines ehrgeizigen, aufstrebenden Juristen. Frauke passte besser. Als elegante und gebildete Senatorentochter hatte sie ihm viele Türen geöffnet. Dass sie sich mit der Zeit auseinandergelebt hatten, war wohl das Schicksal aller langjährigen Altehen. Frauke war glücklich in ihrer Galerie und feierte Parties mit ihren Künstlerfreunden, er hatte Wichtigeres zu tun.

Er klickte die Hälfte der Nachrichtens weg, beantwortete ein paar Geschäftsbriefe und stolperte dann über eine Mail von seinem ehemaligen Teamkameraden Johannes, der anfragte, ob er, Helmut, auch nach Starnberg kommen würde. Schlagartig sah er den jungen Johannes vor sich, schlank, aber verblüffend muskulös, mit Rhythmusgefühl und Schlagkraft, ein talentierter Harmonisierer, dem es damals immer wieder gelungen war, alle aufkeimenden Differenzen unter den jungen Männern zu beschwichtigen. War Johannes eigentlich auch in Irmi verliebt gewesen? Oder war er gar nicht an Frauen interessiert? Gernot lästerte manchmal über Johannes und machte Andeutungen in dieser Richtung, aber niemand war wirklich darauf eingegangen. Das Training, die internationalen Siege hatten sie zusammengeschweißt. Sie steuerten auf den großen Sieg zu, der ihre Laufbahn krönen, ihre Namen unsterblich machen sollte: olympisches Gold. Bis, ja, bis Irmi auftauchte.

Helmut schloss die Augen und gab sich seinen Erinnerungen hin, döste schließlich ein und wachte ruckartig auf. Kreischend hielt der Zug in Kassel. Bis München arbeitete er durch und war erstaunt, als die Ansage ertönte: nächster Halt München Hauptbahnhof.

Er klappte den Rechner zu, hievte seine handliche Reisetasche aus dem Gepäcknetz und stand auf. Stöhnend drückte er die Hand ins Kreuz. Der große Sportler, dachte er. Wer mich so sieht, wie ich durch den Gang hinke, der würde nie vermuten, wie perfekt mein Körper einmal funktioniert hat. Damals, ja damals, da machte ich echt Schnitte bei den Mädels. Er grinste in sich hinein, nahm die Rolltreppe hinunter in die Halle und sah – Irmi. Das konnte nicht sein. Irmi war tot. Und doch: Es war Irmi. Zu den Klängen des Ravelschen Bolero tanzte Irmi mitten in der großen Halle. Ihr schlanker Körper bog und drehte sich anmutig zur Musik, die blonden Haare am Hinterkopf festgesteckt, die schlanken Arme graziös zur Decke gehoben. Dann sprang ein junger Mann an ihre Seite und noch einer und noch einer. Die Menschen waren stehengeblieben, machten einen Kreis um die Tanzenden. Die Musik wurde lauter, drängender, zwei Polizisten schlossen sich den Tänzern an, ein Koch mit weißer Mützei tanzte in die Mitte, der Bettler am Rand stand auf und machte die ersten Schritte zum hämmernden Rhythmus der Musik. Im Nu war die Halle gefüllt mit umherwirbelnden Tänzern. Die Menschen vergrößerten den Kreis, staunten, klatschten, waren hingerissen. Ein Flashmob, dämmerte es Helmut. Er drängte sich weiter nach vorn. Egal, wenn er die S-Bahn nach Starnberg verpasste. Er musste sich die junge Frau ansehen, die als Erste angefangen hatte zu tanzen. Irmi? Natürlich war es nicht Irmi. Konnte gar nicht Irmi sein. Aber die Ähnlichkeit war verblüffend. Dasselbe strahlende Lächeln, die großen blauen Augen, die lebhaften Bewegungen. Wie verliebt ich war, Hals über Kopf verliebt. Helmut schloss sich dem Schlussapplaus an. Aber mit Irmi in der Nacht nach der Olympiaqualifikation zu verschwinden, das war Rudi gegenüber nicht fair gewesen. Die beiden waren schließlich verlobt. Frauen von Freunden sind tabu, sollten tabu sein, dachte Helmut. Ich war ein Schwein, und es geschah mir Recht, dass Irmi auch mich am Ende nicht wirklich wollte. Aber mit seinem Verrat hatte der Auflösungsprozess der Mannschaft begonnen. Das gemeinsame Training wurde lustlos, die Siege blieben aus, die Karriere des berühmten Vierers mit Steuermann fand ein ruhmloses Ende.

Hirnrissige Idee! Wieso war er überhaupt gekommen? Helmut stellte die Reisetasche vor dem schmiedeeisernen Portal ab. Zu beiden Seiten hohe, weiße Mauern mit einbetonierten Glasscheiben. Helmut hielt das Gesicht vor die Überwachungskamera, drückte auf den bronzenen Klingelknopf.

Eine Villa, direkt am Starnberger See. Typisch Ulrich! Hat Kapital geschlagen aus seiner frühen Berühmtheit. War immer der Cleverste von ihnen gewesen.

Der Öffner summte, das Tor sprang auf. Helmut ging den hellen Kiesweg hinauf zum Haus. Die mit Bronzebeschlägen verzierte Eingangstür wurde aufgerissen. Ein bulliger Endsechziger stand in der Öffnung. Gernot, ja natürlich, Gernot, er war schon damals kräftig. Der ideale Schlagmann, mit den Jahren aus der Form geraten.

Kurzes Stutzen, brüllendes Hallo, Schulterklopfen.

»Helmut, alter Knabe. Du bist ja auch nicht mehr der Jüngste. Wo sind deine Locken geblieben, in die sich die Mädchen immerzu verliebt haben? Du holder Knabe im lockigen Haar.« Gernot wieherte. »Komm rein! Johannes ist auch schon da!«

Helmut schulterte die Reisetasche, folgte dem Mann ins Wohnzimmer. Scheiben bis zum Fußboden erlaubten einen grandiosen Blick auf den Starnberger See. Weiße Segel jagten über blaues Wasser. Die dunstigen Umrisse der Alpenkette als Hintergrundkulisse. Eine Szene wie aus einer Ansichtskarte. Surreal. Ein schlanker Mann federte aus dem Ledersessel, kam mit ausgestreckten Händen auf Helmut zu. Johannes. Unverkennbar.

»Schön, dass du kommen konntest, Helmut. Ich habe schon befürchtet ... «.

Er umarmte Helmut, drückte ihn kurz an sich, schob ihn wieder von sich, schaute ihn prüfend an. »Gernot hat gesagt, dass ... «

»Befehl vom Steuermann. Dem müssen wir Folge leisten. Auch nach dreißig Jahren«, sagte Gernot und zwinkerte Helmut zu. Der zuckte die Schultern. Hatten sie Angst, er würde nicht kommen? Oder sogar gehofft, er würde kneifen? Nein, den Gefallen tat er ihnen nicht. Helmut blickte auf die sattgrüne Rasenfläche, die sich bis zum See zog. Die Sprenkler-Anlage arbeitete.

»Du hast Karriere gemacht, Johannes. Glückwunsch, alter Jazzer! Jede Menge Auftritte in den USA, sagt das Internet. Kommst du direkt aus den Staaten?«

»Ja, wir starten in einer Woche eine Europa-Tournee«, sagte Johannes und wies auf den schwarzen Klarinetten-Kasten auf der Fensterbank. «Ich hoffe, du kommst zu meinem Konzert.«

»Ehrensache! Ihr tretet in Hamburg auf. Beim Jazz Open. ich habe die Vorankündigung gelesen. Wirst du auch hier für uns spielen, Johannes?«

»Ich weiß nicht. Ich will mich nicht aufdrängen.«

»Spiel noch einmal *Petite Fleur* für uns, Johannes!«

»Weißt du noch, wie Irmi mich immer angebettelt hat, dieses Stück zu spielen? Wie vergnügt sie angefangen hat zu tanzen, wenn sie die ersten Töne hörte?« Johannes summte die ersten Takte.

»Ach, die Herren schwelgen in Erinnerungen«, sagte Gernot. »Pure Sentimentalität. Vorbei ist vorbei. Spiel was, aber was Fetziges.« Er ging zur Wandbar.

»Helmut, Whisky mit oder ohne?«

»Ich trinke nicht, ehe es dunkel wird.«.

»L'heure bleue. Ich verstehe. Hartes Los im Sommer. Du warst doch früher nicht so ein Chorknabe.«

Gernot lachte, schenkte ein Glas halbvoll, ließ Eiswürfel hineinfallen.

»Für dich, Johannes. Wir sollten uns volllaufen lassen. Alkohol löst Probleme.«

»Nein! Tut er nicht«, sagte Johannes, nahm aber das Glas und ging hinüber zum vergilbten schwarzweiß-Foto über dem Sideboard.

»Seht euch das an! Das Foto muss Minuten nach dem Sieg in der Europameisterschaft aufgenommen worden sein. Wie jung wir aussehen.«

Helmut stellte sich neben ihn.

»Wir sind alle fünf drauf. Und Irmi sitzt auf Rudis Schultern.«

Helmut legte das Jackett ab, lässt sich auf das weiße Sofa fallen, kontrollierte den Sitz seiner Armani-Hose, hob den Stoff an den Knien leicht an.

»Der ICE hatte mal wieder eine Stunde Verspätung. Aber zum Glück ist diesmal die Klimaanlage nicht ausgefallen. Trotz der Hitze.«

»Meint ihr, Rudi kommt?«, fragte Johannes. »Ich habe seit Jahrzehnten nichts mehr von ihm gehört. Konnte ihn auch nicht googeln.«

»Ich hab's auch versucht«, sagte Helmut. »Unauffindbar. Vielleicht hat Rudi unserem Gernot immer noch nicht verziehen und kommt deshalb nicht.«

»Alte Kamellen«, sagte Gernot. »Die arme Irmi ist lange tot.«

»Und wenn Rudi immer noch denkt, dass du sie ihm weggenommen hast?«

»Ich? Dass ich nicht lache. Ein harmloser Flirt.« Er schenkte sich Whisky nach.

»So harmlos doch wohl auch nicht. Irmi hat wegen dir mit Rudi Schluss gemacht«, sagte Helmut. »Sie waren so gut wie verlobt.«

»So what? Festhalten und weitersuchen, das ist Verlobung. Übrigens, Helmut, tu nicht so unschuldig. Du warst doch auch heiß auf Irmi. Nach der Siegesfeier damals warst du es doch, der mit ihr verschwunden ist. Sag bloß, da war nichts.«

Wieder Gernots dröhnende Lache.

 Ich hasse ihn, dachte Helmut. Ich habe ihn immer gehasst. Ich könnte ihm das Whiskey-Glas ins Gesicht drücken.

»Wie viele Ehen hast du eigentlich hinter dir, Gernot? Hast du wirklich eine 17-jährige Ruderin geschwängert? Als Nationaltrainer? Haben sie dich deswegen rausgeschmissen?«

Johannes hob die Hände. »Lasst uns doch nicht ...«

Er wurde unterbrochen. Der Gong nudelte seine Melodie ab. Johannes sprang auf, bugsierte einen blassen Mann mit brennenden, dunklen Augen in den Raum..

»Wenn der Steuermann ruft«, sagte Gernot. »Willkommen, Rudi!«

Rudi gab keinem die Hand, setzte sich auf einen Hocker nahe der Tür. »Wie ihr seht. Ich bin gekommen. Wann ist die Testamentseröffnung?«

»In einer halben Stunde«, sagte Gernot. »Der Anwalt kommt ins Haus.«

»Was soll überhaupt das ganze Theater? Sind wir auf einmal alle erbberechtigt?«, fragte Helmut.

»Ulrich hatte keine Kinder«, sagt Rudi. »Wusstet ihr, dass er kurze Zeit mit Irmi verheiratet war?«

»Nein, das wusste ich nicht. Aber seien wir ehrlich, jeder von uns wollte Irmi«, sagte Helmut.

»Ich allein habe sie geliebt«, sagte Rudi.

Gernot lacht wieder sein dröhnendes Lachen. »Ich nicht. Ich fand sie nur unglaublich sexy.«

»Du kannst gar nicht lieben. Du liebst nur dich«, sagte Johannes.

»Und das sagst ausgerechnet du. Du selbstgerechte, schwule ... «

»Sprich das Wort nur aus, Gernot. Sprich es nur aus! Ich bin das gewöhnt. Aber zu deiner Information. Auch ich habe Irmi geliebt.«

»Irmi hat sich umgebracht«, sagte Rudi. »Es war Ulrich, der sie in den Tod getrieben hat.«

»Woher willst du das wissen, Rudi? Dass es kein Unfall war damals auf der Bergtour«, sagte Gernot. »Irmi ist unangeseilt über das Eisfeld gelaufen und abgerutscht, das hat auch die polizeiliche

Untersuchung ergeben. Ulrich hatte sie gesichert, aber auf dem flachen Schneefeld hat sie den Karabinerhaken ausgehakt. Und dann hat sie einen Trittfehler gemacht und ist hinter ihm ins Rutschen gekommen.«

»Woher weißt du das so genau, Gernot?«

»Hat Ulrich mir selbst erzählt. Damals. Kurz nach dem Unfall. Er war am Boden zerstört.«

Rudi winkte ab. »Alles gelogen. Irmi hat zu viel gewusst über Ulrich. Sie wurde für ihn gefährlich.«

»Was für Räuberpistolen erzählst du denn da, Rudi?« Johannes hatte sein Glas abgestellt. »Was sind das denn für Verschwörungstheorien?«

»Ihr habt ja keine Ahnung, wer Ulrich war«, sagte Rudi und seine Augen glitzerten gefährlich.

Er ist verrückt, dachte Helmut. Ein Psychopath.

»Als Berufsoffizier hat Ulrich für den Bundesnachrichtendienst gearbeitet. Undercover. War an weltweiten Schweinereien beteiligt: Entführung, Mord, Lösegeldzahlungen, Korruption ... «

»Ein deutscher James Bond? Dass ich nicht lache.« Gernot nahm einen Schluck. »Wann soll das denn gewesen sein?«

»Schaut euch doch die Immobilie hier an: die Villa, ein Grundstück direkt am See, die Yacht am Steg. Das alles vom Gehalt eines Bundeswehroffiziers? Ulrich hat unendlich viel Geld kassiert. Und verschoben. Als die Steuerbehörde ihn endlich wegen Betrugs am

Haken hatte, ist er von höchster Stelle gedeckt worden. Die Seilschaft aus Pullach hält zusammen.«

»Die haben selbst zu viel am Stecken.« Wieder leerte Gernot sein Glas in einem Zug. »Donnerwetter. Der Ulrich. Wer hätte das gedacht. Aber schlau war der immer.«

»Sag bloß, dir imponiert das auch noch?« Helmut füllte ein Glas mit Mineralwasser.«

»Was willst du damit sagen, Helmut? Du verwöhntes Richtersöhnchen. Hast dich ja schon immer für was Besseres gehalten. Und die Irmi war dir doch auch nicht gut genug. Hast lieber die Senatorentochter geheiratet. Günstiger für die Karriere.«

Mit geballten Fäusten ging Helmut auf Gernot zu.

»He, he«, sagte Johannes. »Seid ihr alle verrückt geworden? Wir treffen uns hier zu Ulrichs Trauerfeier, und ihr geht euch an die Kehle.«

»Ich bin nur gekommen, um auf alles zu spucken, was mir Ulrich vermacht hat. Nichts nehme ich an von diesem Schwein. Gar nichts.« Wieder das irre Funkeln in Rudis Augen.

Wenn das so weitergeht, gibt es Mord und Totschlag, dachte Helmut. Rudi ist nicht ganz dicht. Späte Rache, weil man ihm die Verlobte ausgespannt hat? Verrückt!

Wieder die aufdringliche Melodie des Gongs. Gernot öffnete. Der Anwalt betrat den Raum, grüßte, legte seine Ledermappe auf den Glastisch..

»Schön, dass Sie gekommen sind, meine Herren Es hat einige Mühe gekostet, Ihre Adressen ausfindig zu machen. Ich trage die Verantwortung, dass das schriftlich festgehaltene Vermächtnis des Verstorbenen erfüllt wird. Ein Moment, ich zitiere …«

Der Anwalt nahm die Lesebrille aus dem Etui.

Ich, Ulrich Wagner, verfüge im Vollbesitz meiner geistigen Kräfte, dass die überlebenden Mannschaftskameraden des siegreichen Weltmeistervierers mit Steuermann – hier machte der Anwalt eine Pause und schaute jeden der Anwesenden über die Brillengläser an – *sich nach meinem Ableben in meiner Villa am Starnberger See treffen und die Hausbar leertrinken. Erst dann soll mein Erbe verteilt, mein Leichnam verbrannt und in den Starnberger See gestreut werden.*

Die Männer starrten den Anwalt an. Johannes atmete hörbar aus, Gernot verschluckte sich an seinem Whisky, Rudi sprang auf, öffnete den Mund, entschied sich anders und ließ sich wieder auf den Hocker sinken.

»Wisst ihr was, das ist mir alles zu albern«, sagte Helmut. »Ich gehe.«

»Das tust du nicht«, sagte Gernot. »Vielleicht bist du der Einzige, der auf das Geld pfeifen kann. Ich nicht. Mir steht das Wasser bis zum Hals.«

»Die ganze Geschichte ist irre«, sagte Johannes. »Ich komme mir vor wie bei Agatha Christie. *Zehn kleine Negerlein* – bloß dass wir nur vier sind.«

»Am liebsten würde ich euch alle über den Haufen schießen«, sagte Rudi.

»Ich ahnte es«, sagte Helmut. »Tag der Abrechnung. Wie im Wilden Westen. Wirklich zum Lachen, wenn es nicht so ernst wäre. Ich hoffe, du hast nicht wirklich eine Waffe dabei, Rudi?«

Rudi zuckte die Schultern. »Jetzt habt ihr die Hosen voll, oder?«

»Du kannst uns doch hier nicht abknallen«, sagte Gernot. »Das macht keinen Sinn nach so vielen Jahren.« Er legte den Kopf auf den Couchtisch.

In die Stille hinein der Türgong. Alle sprangen auf. Mit einer Handbewegung nötigte sie der Anwalt zurückzubleiben, verließ den Raum, kam wieder mit einer jungen Frau.

»Irmi«, schrie Rudi und lief auf sie zu.

Unmöglich, dachte Helmut und schaute auf die Frau. Die Frau aus der Bahnhofshalle? Die Ähnlichkeit mit Irmi war wieder verblüffend: die Figur, die blonden Haare, die blauen Augen. Aber das war nicht Irmi. Konnte nicht Irmi sein. Das schien auch Rudi erkannt zu haben. Er blieb abrupt stehen.

Die junge Frau war an der Wohnzimmertür stehengeblieben, die Arme vor der Brust gekreuzt. Sie nagte an der Unterlippe.

»Ich bin Antonia. Irmgards Tochter«, sagte sie leise. »Ich möchte wissen, wer von Ihnen mein Vater ist.«

»Und dafür das ganze Theater hier?«, sagte Helmut. »Das hätten Sie leichter haben können.«

»Wie denn?«, fragte Antonia.«Wie denn?«

»Dann war Irmi auch nicht sicher, wer der Erzeuger war?« Gernot hob den Kopf vom Tisch. »Kleine Nutte, die sie war.«

Drohend hob Rudi die Fäuste.

»Ulrich hat mich adoptiert. Auch nach dem Unfalltod meiner Mutter hat er sich um mich gekümmert. Als Einziger.«

»Vielleicht war er Ihr Vater?« Die Stimme von Johannes.

»Nein«, sagte Antonia.«Ulrich war steril, konnte keine Kinder zeugen. Solange er lebte, wollte er für meinen leiblichen Vater gehalten werden. Aber kurz vor seinem Tod hat er mir versprochen, mir zu helfen, meinen biologischen Vater zu finden. Deswegen das Testament. Deswegen sind Sie hier.«

»Wenn ich das gewusst hätte«, sagte Helmut.

»Eben«, sagte Antonia.

»Also DNA-Test«, sagt Johannes. »Dass ich auf meine alten Tage vielleicht noch einmal Vater werde ... «

»Du hast auch mit ihr geschlafen?« Rudis Stimme war schrill. »Der Einzige, der als Vater in Frage kommt, bin ich ... «

»Nu mal langsam«, sagte Gernot, der plötzlich nüchtern klang. »Was willst du? Blut? Mein letztes Kaugummi? Bis zum Ergebnis saufen wir die Vorräte leer.«

»Ich nicht«, sagte Helmut. »Das hier ist mir zu blöd. Auf Wiedersehen.«

»Das geht nicht«, schrie Gernot. »Das Erbe! Ulrich war reich!«

Helmut drehte sich zum Anwalt. »Sie werden Freiheitsberaubung nicht unterstützen, sonst werde ich dafür sorgen, dass Sie Ihre Zulassung verlieren.«

»Natürlich können Sie gehen, mein Herr. Niemand hält Sie auf.«

Helmut stand auf, nahm seine Tasche. Antonia verstellte ihm den Weg.

»Sie sind es«, sagte sie. »Und Sie haben gewusst, dass meine Mutter schwanger war. Sie hat gesagt, mein Vater sei ein armseliger Wicht, der nur für seine Karriere lebte. Ich bräuchte Sie nicht kennenzulernen. Sie hatte Recht.«

Sie ging zur Tür, öffnete sie weit.. »Gehen Sie«, sagt sie. »Gehen Sie einfach! Und kommen Sie nie wieder!«

Die Autorin

Annegret Achner lebt und arbeitet in Bremen. Nachdem sie jahrzehntelang mit dem Rotstift die Deutscharbeiten mehr oder minder williger Schüler korrigiert hatte, begann sie nach der Pensionierung, selbst Kurzkrimis und Erzählungen zu Papier zu bringen. Sie belegte Kurse im kreativen Schreiben, lernte in der »Schule des Schreibens« und der »Bundesakademie Wolfenbüttel« das Handwerkszeug der Textgestaltung, holte sich Anregungen bei Donna Leon, Richard Powers, Friedrich Ani und Ingo Schulze. Mehr Geschichten finden Sie auf ihrem Blog:

www.annegret-achner.de

Danksagung

Ich möchte mich bei meinen Freundinnen Edeltraut Kemper und Christa Präger für die mühsame und zeitraubende Lektoratsarbeit bedanken, denn es ist unglaublich, wie oft der Fehlerteufel zuzuschlagen pflegt.